河出文庫

クィア

W・S・バロウズ
山形浩生／柳下毅一郎 訳

クィア　目次

序

一九四〇年代末にメキシコシティで暮らしていた頃、この都市は人口百万を擁し、澄んだはじけるような空気の吸える街で、空は旋回するハゲタカや血や砂に本当によく映えるあの特別な色合いの青——生々しい凄味《すごみ》のある無慈悲なメキシコの青だった。初めて訪れたその日から、メキシコシティは気に入った。一九四九年、生活は安あがりで、巨大な外国人居留地では、派手派手しい売春宿にレストラン、闘鶏に闘牛など、どんな娯楽でも手に入った。独身なら一日二ドルで楽に暮らせる。ニューオリンズでのヘロインとマリファナ所持の件での裁判はどうも勝ち目がなさそうだったので、公判日には出廷しないことにして、メキシコシティの閑静な、中産階級向け住宅地にアパートを借りた。

民法の時効年数となる五年間は合衆国に帰れないとわかっていたから、メキシコの市民権を申請して、メキシコシティ大学のマヤ・メキシコ考古学の課程にいくつか登録した。復員兵援護法が教科書代と学費をもってくれたうえ、月に七十五ドルの生活費を保障してくれた。農業でも始めるか、それともアメリカ国境でバーでもやろうか、などと考えていた。

シティの印象はよかった。スラム街はアジアのどこにも負けず劣らず汚くて、貧乏だった。人々は通りじゅう至るところにクソをたれ、その場で横になり眠りこむので、蝿《はえ》が口を出たり入ったり這《は》いまわったりする。実業家なる連中は、病気でもっていそうな輩《やから》で、路上で火をたいて、見るも忌まわしい、臭いたつような、得体の知れない食物を作って通行人に売りつける。酔っぱらいは大通りの歩道で眠りこけ、それを邪魔する警官もいない。メキシコに住む者は皆、他人事《ひとごと》に余計な口出しをしない術《すべ》を身につけているようだった。モノクルをかけたい、ステッキを持ちたいと思った者はためらったりしないし、道ですれちがっても誰も振り向かない。男同士が腕を組んで表を歩いていても、誰も気にもとめない。単に人目を気にしないというのではなく、メキシコ人には、知らないやつから批判されるとか、他人の行ないを批判するとかいうことが、そもそも思いつかないだけなのだ。

メキシコは基本的に東洋文明の土地だった。二千年間の病気と貧困と退廃と愚劣と奴隷制と野蛮と心霊的・肉体的暴力の成れの果て。凶々《まがまが》しく陰鬱で混沌《こんとん》としている。夢に特有の混沌だ。メキシコ人同士が本当に理解し合っていることは絶対なくて、メキシコ人が人を殺すときは（これがまたしょっちゅうなのだが）被害者はいつでも一番の親友だ。気が向けば誰でも銃を持ち歩いた。読んだ話だが、酔っぱらった刑事がバーの常 連《ハビテュエス》に発砲して、逆に武装した民間人に撃ち殺されることも何度かあったという。メキシコの刑事は路電の車掌と同程度の権威しかないと思われていた。

どんな官吏も買収できたし、所得税はとても安く、医療はやたらと安かった。医者が広告を出して治療費を安くするからだ。淋病《りんびょう》を治すのも二ドル四十セントで済むし、でなければペニシリンを買って自分で射ってもいい。自前の治療を禁ずる規則などなかったし、針と注射器はどこででも買えた。これはアレマン大統領の時代、袖の下《モルディーダ》が王であり、賄賂の山が警官から始まって大統領にまで届いていた。メキシコシティは世界の殺人首都でもあり、人口一人あたりの殺人数は世界最高を誇っていた。今でも毎日の新聞記事を覚えている。こんなぐあいだ。

田舎者《カンペシーノ》が田舎から出てきて、バスを待っている。麻《あさ》のズボン、タイヤで作ったサンダル、つば広のソンブレロ、腰にはマチェーテ。バス待ちがもう一人。スーツを来て腕時計を見ながら腹立たしげに呟《つぶや》いている。田舎者《カンペシーノ》はマチェーテを抜き、男の首をすっぱり切り落とす。あとで、そいつは警官に言う。「やつはすごくいやな《ムイ・フェオ》面《つら》でガンつけてきやがったんで、しまいに我慢できなくなっちまったんだ」明らかに、男はバスが遅れているのに苛立《いらだ》って、早く来ないかと道を見やっていたのだが、その身ぶりを田舎者《カンペシーノ》が誤解して、次の瞬間に首はどぶの中に転げ込み、恐ろしいしかめ面《つら》で歯を光らせている。

二人の田舎者《カンペシーノ》が憂鬱気に道端にすわりこんでいる。朝飯の金がない。だけど、見ろ。少年がヤギを引いてくる。一人が石ころを拾い上げ、少年の頭を叩《たた》きつぶす。ヤギを近くの村まで連れていって、売る。警察に逮捕されたとき、二人は朝飯を食べている。

小さな家に住んでいる男がいる。よそ者がアヤウアスカを探して道を尋ねる。「はあ、こっちですよ、セニョール」男はよそ者をあちらこちらへ引きまわす。「道はすぐここです」突然、その男は、そんな道なんか自分には見当もつかないのに気づく。それに、なんでそんなことで悩まなきゃならないんだ？　そこで石ころを拾って、自分を悩ます者を殺す。

　田舎者《カンペシーノ》は石ころとマチェーテで命《タマ》を取り立てる。もっと危ないのは政治家と非番の警官で、おのおの四五口径オートマチックを持ち歩く。各自、身を伏せることを覚える。もう一つ、実話がある。銃を持った政治屋が、女に裏切られている、と聞かされる。カクテル・ラウンジで誰かと会ってるんだという。どっかのアメ公のガキがたまたま寄って、女の隣にすわったところ、マッチョが飛び込んでくる。「くそ野郎《チンゴア》！」四五口径を抜き、バーカウンターの椅子《いす》からガキをふっとばす。皆は死体を外にひきずりだし、通りを引いていく。警察が着くと、バーテンは肩をすくめ、血まみれの店内をモップで拭きながら、ただ、「Malos, esos muchachos!」（「あの悪ガキどもめが！」）

　どんな国にもそこならではのクソがあるものだ。殺した黒んぼの数を刻んでおく南部の保安官同様、鼻を鳴らすメキシコ人のマッチョは、純然たる醜さのレベルにまで達している。それにメキシコ人の中産階級の多くは、どこの国のブルジョワジーにも負けないほど恐ろしい生き物だ。記憶によれば、メキシコの麻薬の処方箋《しょほうせん》は真っ黄色で、千ドル札か不名誉除隊票のようだった。あるとき、オールド・デイヴとつるんで、完全に合法的にメキシコ政府から入手した処方箋を薬に換えようとしていた。入った最初の薬屋は、目にするのも汚らわしいと飛びすさった。「No prestamos servicio a los viciosos!」(「ペイ中の御用勤めはしないぞ!」)

薬屋《ファルマシーア》から薬屋《ファルマシーア》へ歩きまわった。一歩踏むごとに、ますます気分が悪くなる。

「駄目です、セニョール……」もう何キロ歩いたろうか。

「この近辺は初めてだ」

「ま、もう一軒あたってみるか」

最後に、小さな狭苦しい薬屋《ファルマシーア》に入った。処方箋《レセタ》を引っ張りだすと、銀髪の女性が微笑《ほほえ》みかけた。薬剤師は処方を見て、「二分お待ちを、セニョール」すわって待った。ウィンドウにはゼラニウムが飾ってあった。男の子が水を持ってきてくれて、猫が足にすりよってきた。しばらくしてから、薬剤師がモルヒネを持って戻ってきた。

「グラシアス、セニョール」

店の外は、今では魅力的に見えた。市場には小さな薬屋《ファルマシーア》、ざると屋台が表に出て、角には安酒場《プルケリーア》。イナゴ揚げと真っ黒に蠅のたかったハッカ・キャンディを売る売店。田舎育ちの少年たちは、染み一つない麻の服を着て、紐《ひも》のサンダルをはき、顔はぴかぴかの銅の色、獰猛《どうもう》で無垢《むく》な黒い目はエキゾチックな獣のようで、胸をうつ中性の美をたたえている。彫りの深い黒い肌の少年がいる。ヴァニラの香りをただよわせ、耳にはくちなしの花をさす。そう、ジョンソン〔バロウズの用語で、貧困の中にあっても人としての節度を保ちまっとうに生きている人々のこと〕がいたのだ。けれど、そのためにはクソ街をかきわけていかなければならなかった。いつもそうなのだ。地球上にはクソしか住んでいないと思ったとき、やっとジョンソンに会えるのだ。

ある日、朝の八時にノックがあった。パジャマ姿でドアを開けると、入国管理局の役人がいた。

「さっさと服を着ろ。おまえを逮捕する」

どうやら隣の女が私のアル中と風紀紊乱《びんらん》行為について長文の手紙をものしたらしく、さらに身分証にも問題があるし、めとったはずのメキシコ妻はどこにいる？

入国管理局の役人どもは、好ましからざる外国人として国外退去処分に処すべく、牢屋に放りこむ準備を整えていた。もちろん何事も金次第で片がつくが、尋問相手は退去処分部のトップであり、端金《はしたがね》ではすまなかった。二百ドル払って、ようやく抜け出すことができた。入国管理局からの帰り道、もし本当にメキシコシティで商売をしていたら、いったいいくら払わなければならなかったろうか、と考えた。

頭に浮かんだのはシップ・アホイの三人のアメリカ人経営者がしょっちゅう出くわした問題だ。ポリは袖の下《モルディーダ》を欲しがって始終店にまとわりつき、それから衛生局の役人が来て、その後またもポリがゆすりのネタ用にショバにからんだものを探しにくる。ウェイターを下町へ連れ出し、クソまで吐かせた。ケリーの身体をどこに捨てたのか知りたがった。あのショバで女が何人強姦された？　マリファナを持ち込むのは誰だ？　などなど。ケリーというのは六ヶ月前にシップ・アホイで撃たれたアメリカ人のワケ知りで、その後回復して今は合衆国陸軍にいる。あの店で強姦された女なんか一人もいなかったし、マリファナを吸う者も一人もいなかった。すでにメキシコで酒場を開く計画は放棄していた。

ヤク中患者は身なりを気にしない。一番汚い、みすぼらしい服を着て、注目されたいなどとは思わない。タンジールでの中毒時代、私は「El Hombre Invisible」、すなわち透明人間と呼ばれていた。こうした自己イメージの崩壊が、見境ないイメージ渇望に結びつく場合も多い。ビリー・ホリデイはテレビを見るのをやめたことで、ヤクが抜けたとわかったという。第一長編『ジャンキー』では、主人公リーは統合された人格を保ち、自己充足して、自分を把握しており、先行きも心得ている。『クィア《おかま》』では人格崩壊し、死にもの狂いで触れあいを求め、自分でも先行きに自信が持てないでいる。

この違いはもちろん簡単なことだ。ヤクをやっているリーは覆われ、守られて、さらにすべての面で極度に制約されている。ヤクは精力を止めるだけじゃなく、服用量に応じて、感情的反応までも鈍麻してほとんどなくなってしまう。『クィア』での行動を振り返ってみると、刺すような幻の禁断症状の日々を彩るのは、ネオン輝くカクテル・バーから漂う危険と邪悪の身の毛もよだつ光、醜い暴力、一皮むけばすぐ現れる四五口径なのだ。ヤクが効いている間は、私はまわりから遮断されていた。何も飲まず、あまり出歩かず、一本射ってはひたすら次の注射を待つだけだった。

覆いが取り除かれると、それまでヤクがせき止めていたものが一斉に流れ出す。禁断状態にある中毒者は赤ん坊や思春期並みの感情的爆発のとりこになってしまう。実際の年にはお構いなしだ。精力も一度に全部戻ってくる。六十男が淫夢を見て夢精する（実に不愉快な経験、フランス語ではアガサンな経験で、歯の根がうずく）。この点を心に止めておいてもらわないと、リーの性格の変貌が不可解で、また気違いじみてもいるように見えるだろう。もう一つ覚えておいてほしいのは、禁断症状は短いものであり、長くてひと月だ、ということである。それにリーは猛烈な酒飲みの段階も経験している。これは禁断症状のうち、最悪で一番危険な面ばかりを激化させるのだ。無謀な、見苦しい、乱暴な泣きじょうごな――一言で言えば、ぞっとする――振舞いを激化させるのだ。

禁断状態が終わると身体はヤクをやる前のレベルにまで戻って、安定する。物語では、南米旅行の間に、ようやくこの安定に達する。パナマでの鎮痛剤《パレゴリック》のあとは、ヘロインも、他のヤクもまったく手に入らない。酒はだんだんに減って、夕暮れに、いい、強いのを飲むだけで済むようになっている。のちの『麻薬書簡』のリーとほぼ同じだが、ただ幽霊のようなアラートンの存在だけが違う。

さて、『ジャンキー』を書いたわけだが、その動機は比較的単純だった。最も正確かつ簡潔な言葉で中毒患者としての経験を書き記すこと。私は出版を、金を、認知を求めていた。『ジャンキー』を書き始めたとき、ケルアックが『町と都市』を出版した。本が出たときに、手紙の中で、これで金と名声が保障されたね、と書いたのを覚えている。これでおわかりのように、あの頃は作家稼業のことなど、これっぽっちもわかっちゃいなかったのだ。

『クィア』を書いた動機はもっと複雑で、今では自分でも判然としない。あんな痛々しい、不快な、心を引き裂く思い出を、どうしてあそこまで注意深くまとめなければならなかったのだろう。『ジャンキー』は自分が書いているが、『クィア』では自分が書かれているような感じがある。誤解を避けるために言っておくと、私はまた、その先書き続けられるように苦闘中でもあった。予防注射としての著述というわけだ。文章になったとたん、物事は不意打ちの力をなくす。ちょうど、弱めたウイルスが抗体を作り出すとウイルスが力をなくすようなものだ。つまり自分の経験を書きつけることで、この手の危険な冒険に対して多少の免疫を身につけたのだ。

『クィア』の原稿断片の最初の部分では、ヤクの孤島から生の国へ、狂える愚かなラザロのように帰ってきて、リーは性的な意味でキメようとしているかのようだ。自分に合った性的対象を求める彼の探索は、妙に組織的で、性的でない。一つ、また一つと見込みを線で消していくのだが、そのリストは、最終的には失敗しようとして編集した物のように見える。心のどこか深いところでは、リーは成功したがっていないのだが、自分が実は性的触れあいを求めていないのだと認識するのを、なんとかして避けようとしているのだ。

しかし、アラートンはたしかにある種の触れあいではあった。ではリーが求めている触れあいとは何だろう？　今にして思えば、それはひどく混乱した概念で、アラートンなる人格とはまるで無関係。中毒患者は自分が他人に与える印象に無関心だが、禁断状態になると無理矢理にでも観客を求めることがある。そしてこれこそまさにリーがアラートンに求めているものだ。観客、自分のお芝居を認知してくれる相手、それはもちろん、ショッキングな自己崩壊を隠すための仮面である。そこで彼は気違い沙汰の注意獲得フォーマットを作り上げ、それを「十八番《ルーチン》」と名づける。ショッキングで、おかしな、人目を魅《ひ》くやり口。「老いたる水夫《こち》が入り来たり、三人《みたり》の中の一人をとどむ……」

リーのお芝居は決まりきった十八番《おはこ》の形を取る。チェス選手、テキサスの石油掘り、コーン・ホール・ガスの中古奴隷市場についての作り話。『クィア』では、リーはこうした十八番を実際の観客に対して行なう。やがて、作家として成長していくと、観客は内面化される。しかし、ＡＪやベンウェイ医師を創り出したのと同じメカニズムが、同じ創造の衝動がアラートンに捧げられる。彼は満足顔のミューズの役割を押し付けられて、当然落ち着かない思いをしている。

リーが求めているのは触れあい、あるいは認知だ。まるで非現実の霞《かすみ》から現れた光子のように、アラートンの意識に拭い去れぬ痕跡を残そうとする。もし具合よく観察者が見つからないと、誰にも観察されなかった光子同様、苦悩に満ちた自己崩壊の危機が訪れる。リーは気づいていないが、彼は既に執筆を始めている。アラートンに観察する気があろうとなかろうと、拭い去れぬ痕跡を残す方法は他にないのだ。リーは容赦なく虚構の世界に押しやられている。自分の人生と、自分の仕事のどちらを選ぶか、リーはすでに決めてしまっている。

原稿はプヨで跡を絶つ、旅路の果ての街で……イェージの探索は失敗した。謎のコッター医師は、歓迎されざる客をただ追い出したがるだけだった。不純な矢の毒からクラーレを抽出する自分の天才的技術を盗もうとして、狡猾《こうかつ》な相棒ジルが送り込んだスパイではないかと疑っていたのだ。あとから聞いたところでは、化学会社は、単に矢の毒を丸ごと買って、アメリカの研究室で薬を抽出することにしたそうだ。薬はすぐに合成され、今ではたいていの筋肉弛緩剤《しかんざい》の成分に含まれる、ごく一般的な物質となっている。だから、コッターには失うものなど何もなかったようだ。彼の努力はすでに無駄になっていたのだ。

どんづまり。そしてプヨは『デッド・ロード《どんづまり》』のモデルになれるかもしれない。破れて意味をなさないブリキ屋根の長屋が絶え間ない雨の下。シェル石油は撤退し、プレハブのバンガローと錆《さ》びついた機械だけが残っている。そしてリーもまた、どんづまりにやってきた。始まりですでに暗示されていた終わりに。置き去りにされて、残っているのは越え難い距離の衝撃、長く苦痛に満ちた、何一つ得られなかった旅の疲れと絶望、間違った曲がり角、失われた足跡、雨の中で待っているバス……アンバト、キトー、パナマ、メキシコシティに還《かえ》る。

この、『クィア』にまつわる文章を書き始めたとき、私は重いためらいで麻痺してしまった。拘束衣のような物書きのスランプだ。『『クィア』の原稿に目を向けるが、どうしても読めない。私の過去はよどんだ河だ。そこから逃げ出せただけでも運がよかった。何年たっても、まだ私を脅《おびや》かす――痛々しすぎて読むことすらままならず、書くとなればなおさらだ。一語一語、一動作一動作が癇《かん》にさわる」ためらいの理由は、目をそらさずに見据えるとはっきりする。この本は、文中では一度も触れていない、実に注意深く避けられた事件を契機として書かれている。一九五一年九月、妻のジョーンを誤って射殺したことだ。

『デッド・ロード』執筆中、私は英国人作家デントン・ウェルチとの霊的接触を経験し、彼を直接モデルにして主人公のキム・カーソンズを作った。段落が丸ごと、口述されているみたいに頭に浮かび、まるで降霊術でもしているようだった。デントンの事故の、不吉な朝のことを書いた。その事故のせいで彼は残りの短い生涯を寝たきりで終えるはめになったのだ。もしもう少し長くここにいて、あんなに長くあそこにいなければ、なんの理由もなく後ろから自転車にぶつかってきた女性ドライバーとの出会いを避けることができただろう。コーヒーを飲みに寄り道した一時点で、デントンはカフェの窓のよろい戸のしんちゅう金具に目を止め、全世界の荒廃と喪失の思いにとらわれた。だからその朝のすべての出来事は特別の意味を持つのだ、まるで傍点が打ってあるかのように。この凶兆を告げる第二の視点が、ウェルチの著作には染みわたっている。菓子パン、一杯の紅茶、数シリングで買ったインク壺《つぼ》が、特別の、しばしば邪悪な意味を持つのだ。『クィア』の原稿を読むと、ほとんど耐えられないほどの強さで、まさにこれと同じ感覚を味わう。リーが、逆らえない力に押しやられている、と感じている先にあるのは、妻を自分の手にかけてしまうこと、憑《つ》かれているという認識、自分の手の上に手袋のようにかぶさろうと待ちかまえている死の手なのだ。だからページからは悪と脅威の煙霧が立ち昇る。リーはそれに気づきながらも気づかず、死にものぐるいで幻想に向かって疾走し、脱出をこころみる。十八番が人の痛にさわるのは、すぐ後ろに、あるいは脇に醜い脅威が待ちかまえているからだ。霧のように目に見える存在として。

ブライオン・ガイシンがパリで私に言った。「醜い霊がジョーンを撃った原因《わけ》は……(because)」霊媒風のメッセージをちょっぴり、言い終わらない——あるいは言い終わっているのか？　もしこう読むなら、無理に終わらせる必要はない。「醜い霊がジョーンを撃った原因となるべく(to be cause)」つまり、憎むべき寄生的支配を維持するべく。私の考える憑き物とは近代心理学的な説明よりもむしろ中世のモデルに近い。近代的説明では、そうした霊存在は内からくるものであり、決して、決して、決して外からくるものではない、とされるからだ（まるで内部と外部の間にはっきり一線を引けるとでも言うようだ）。ここで言っているのははっきり目に見える憑依霊《ひょういれい》のことだ。そして実際、この心理学的な考え方自体、憑依霊が生み出したものだ、ということさえありうる。憑き手の側にしてみれば、侵入した宿主に、独立した生き物だと知られるほど危険なことはないのだから。このため、憑き手はどうしても必要でないかぎり、決して姿を現さない。

一九三九年、エジプトの象形文字に興味を持ち、シカゴ大学のエジプト学科の誰かに会いにいった。そして何かが耳に叫んだ。「ここはおまえの来るところじゃない！」そう、象形文字は憑き物のメカニズムを解く鍵を一つ与えてくれた。ウイルスと同じで、憑依霊も侵入口を見つけなければならない。

この出来事が、自分の中にありながら自分の物ではなく、自分ではコントロールできない何かをはっきりと示す最初の兆候だった。このころの夢を覚えている。三〇年代後半、シカゴでは、ゴキブリ駆除をやっていて、ノース・サイド近くの下宿屋に住んでいた。夢の中で、圧倒的な死と絶望の思いにとらわれて天井近くまで浮き上がり、見おろすと身体は死のうとしてドアから歩いて出ていく。

イェージなら盲目的啓示を与えてそこから救い出すことができただろうか、と考える。何年もあとに、パリで作ったカットアップを思い出す。「憎しみと不運の生に剝《む》かれた風が撃ち流した」そして何年もの間、これは何か詰まったために注射器や点滴器の横から麻薬が洩《も》れ、ヤクを一発射ち損じることを言っているんだと思い込んでいた。ブライオン・ガイシンが本当の意味を教えてくれた。ジョーンを殺した一発だ。

キトーでスカウト・ナイフを買った。金属の握りで、妙に古い錆《さび》がついていて、まるで世紀末のクズ屋で売っているようなやつだ。銀メッキの剝《は》げおちた、古い指輪とナイフの乗った皿から見つけた。メキシコシティに戻った数日後、午後三時頃、そのナイフを研《と》いでもらうことにした。ナイフ研ぎは小さな笛を吹きながら決まった道を回っていて、その屋台へと通りを歩いていく途中で、一日中身体にのしかかって息を詰まらせていた悲しみと喪失感が強烈に襲ってきて、気がつくと頬を涙が洗っていた。

「いったい全体どうしちまったんだ？」と思う。

この重い絶望と死の予感が、何度も何度も甦《よみがえ》ってくる。リーはたいていアラートンとうまくいかなかったせいにしている。「ひどい疲れで頭も身体も鈍っていた。顔はこわばり、声も一本調子だった」アラートンは、夕食の誘いを断わっていきなり出ていったところだ。「テーブルを見つめ、身体がとても冷えたときのように頭の働きは鈍かった」(ここを読むと私は本当に冷えて、絶望する)

エクアドルのコッターの小屋での予知夢がこれだ。「シップ・アホイの前に立っていた。人気《ひとけ》がなかった。誰かが泣いているのが聞こえる。自分の赤ん坊がいたので、ひざまずいて抱き上げた。泣き声はさらに近づき、悲しみの波……小さなウィリーを胸にしっかり抱きしめた。人の群れがそこにいて、囚人服を着て立っていた。

この人たちは何をしているのだろう、なぜ泣いているのだろう、と不思議に思った」

心に鞭打《むちう》って、ジョーンが死んだ日を思い出す、圧倒的な喪失と死の予感……通りを歩いていく途中、気がつくと頬を涙が洗っていた。「いったいどうしちまったんだ？」あの金属の握りの小さなスカウト・ナイフ、メッキの剝げている、古コインの臭い、ナイフ研ぎの笛。とうとう受け取りにいかなかったあのナイフはどうなっただろう？

もしジョーンの死がなければ、決して作家になることはなかっただろう。そう結論せざるを得ない。そして気づかされるのだ。この事件がどれほど私の執筆を動機づけ、規定してきたか。私は絶えず憑き物に脅かされながら、絶えず憑き物、支配からの脱出を求めて生きている。だからジョーンの死は、私を侵略者、「醜い霊」と出会わせ、一生涯通じての闘争に導いた。書き出る以外に道はない。

心に鞭打って死を逃れる。デントン・ウェルチはほとんど私の顔だ。古いコインの臭い。アラートンというこのナイフはどうなっただろう、ぞっとするようなマルガラス（株）に還る。認識は基本的な形式がしている？　ジョーンの死と喪失の日。気がつくと涙が洗っていたアラートンを西部のガンマンと同じ人物が剝げおちる。おまえは何を書き直してる？　支配とウイルスへの一生涯の没頭。とっかかりを得たウイルスは宿主のエネルギー、血液、肉、骨を利用して自分を複製する。独善的な主張のモデル決して外からくるものではなく私の耳に叫んでいる、「ここはおまえのくるところじゃない！」

拘束服の注釈注意深く重いためらいに麻痺。何年たったあとでも、すでに書かれた記述から脱出するために。物書きのスランプがジョーンの死を避けた。デントン・ウェルチは曇った傍点を打った壊れた降霊術を通してキム・カーソンズの声。

ウィリアム・S・バロウズ　一九八五年二月

クィア

第1章

リーは、ここ一年ほどの間、ときおり顔を見ていたカール・スタインバーグというユダヤ人の少年に目をつけた。初めて会ったとき、リーは思った。「あれは使えるな、もし珍宝がヤク叔父さんのせいでお預けになってなきゃ」

青年はブロンドで、痩せて鋭い顔にぽつぽつそばかすがある。いつも、顔を洗ったばかりみたいに耳と鼻のまわりがほんのりピンク色だった。これまで会った誰より清潔そうだった。小さな丸い茶色の目とふわふわの金髪が、リーに小鳥を思わせた。カールはミュンヘン生まれ、ボルティモア育ち。振舞いと外観からはヨーロッパ人のように見えた。握手をするときは踵をカチッと合わせるような感じ。リーは、たいていは、アメリカ人よりヨーロッパ人とのほうが話しやすかった。アメリカ人の不躾さにはうんざりだった。その根本にあるのはマナーという概念そのものに対するまるっきりの無知、社会的な見地からすれば、すべての人間は多少の差はあれ平等であり交換可能だ、という命題だ。

　どんな関係であってもリーは触れあいを感じたかった。カールとはいくらかの触れあいが感じられた。この青年は礼儀正しくリーの話を聞き、理解したようだった。最初は例によって尻込みしたが、自分への性的関心も受け入れた。カールは言った。「きみに対する気持ちは変えられないんだから、他についての気持ちを変えるしかない」

　けれどすぐにそれ以上は進めないとわかった。「もしアメリカのガキ相手でここまでできたんだったら、残りは難しいことは何もない。なるほどあいつはおかま《クィア》じゃないってことだ。でもお情けでもヤレるもんだ。障害物はなんだろう？」リーはようやく、その答えの見当をつけた。「駄目なのは、おふくろさんが嫌がるからなんだ」リーはここらが潮どきだと悟った。オクラホマシティに住んでいたホモのユダヤ人の友達のことを思い出した。リーが「どうしてこんなところに住んでるんだい？　あんたくらい金がありゃあ、どこだって好きなところに住めるだろ」と尋ねると、返事は「引っ越ししたりしたら、おふくろがおっ死んじまうよ」リーは絶句してしまった。

ある午後、カールとアムステルダム通り公園を歩いていた。突然、カールは軽くお辞儀をして、リーの手を握った。「元気でね」と言いおいて、路面電車に向かって駆けていった。

リーは後ろ姿を見送って立ちつくし、それから公園へと歩き、木目を模したコンクリートのベンチに腰をおろした。青い花が、萌えだした木からベンチとその前の歩道に落ちていた。すわったまま、春の暖かい風に花が吹かれるのを見ていた。空は午後の一雨を前に、曇りだしていた。リーは寂しく、打ちのめされていた。「また誰か探さなきゃな」と思った。顔を両手で覆う。とても疲れていた。

影の青年の列が通りすぎていった。どの青年も、列の先頭へ来ると、「元気でね」と言いおいて路面電車に駆けていく。

「悪いな……番号違い……もう一度……どっか余所《よそ》……どこか別……ここじゃない……ぼくじゃない……使わない、いらない、欲しくない。どうしてぼくをいじめるんだ？」最後の顔はあまりに真に迫り、あまりに醜かったので、リーは口に出してしまった。「誰が頼んだよ、みっともない頓馬《とんま》野郎が」

リーは目を開いてまわりを見回した。二人のメキシコ人の若者が通りすぎた。互いに腕を相手の首にからませている。後ろ姿を見送り、乾いて、ひび割れた唇を舐《な》めた。

リーはそのあともカールに会い続けたが、やがて、カールは「元気でね」を最後に、歩み去っていった。あとから聞いた話では、家族と一緒にウルグアイへ行ったのだという。

リーはウィンストン・ムーアとラッツケラー酒場にすわり、テキーラのダブルを飲んでいた。鳩時計としみの食った鹿の頭が、わびしい、場違いの、チロル風の印象をラッツケラーに与えていた。こぼれたビールと溢《あふ》れたトイレ、甘酸っぱいゴミの臭いが、濃い霧のように漂って、狭い、不便な自在戸から通り流れて出ていった。五割方は故障中で、不気味な、フランケンシュタインの怪物のような喉頭音《こうとうおん》の呻《うめ》き声をだすテレビが、不快感に駄目押しをしていた。

「昨日の晩もここにいたんだ」リーがムーアに言った。「おかまの医者と、そいつの男と話してたんだよ。センセイは医療部隊の少尉だった。男のほうはなんかの技術者だかだ。ひでえ面《つら》した最低のやつ。で、センセイが一緒に飲まないか、っておれを誘ったんで、男は焼《や》き餅《もち》を焼きだして、どのみちビールが欲しかったわけじゃなかったんだけど、それをセンセイはメキシコと自分に対する態度表明なんだと思い込んで、メキシコハイカガデスカの十八番《おはこ》を始めたんだ。だからおれは言ってやった、メキシコはオーケーだ、全部とは言わないけどね。だけどあんたは個人的に胸クソ悪い野郎だ、ってさ。もちろんもう少しお上品な言い方でね。それに、どのみちおれもワイフんとこへ帰んなきゃならないし。

するとやつは『きみには奥さんはいない、きみは私とおんなじにおかまなんだ』おれは言った。『あんたがどれほどのおかまかなんて知らないし、知りたいとも思わないよ。あんたがハンサムなメキシコ人なら話は違うかもしれんが。くそみっともない老いぼれメキシコ人じゃないか。あんたの虫食いボーイフレンドについちゃ、倍づけだよ』。もちろん、このやりとりが極端な結末を迎えることにはならないでほしいとは願ってたがね……

ハットフィールドを知らないって？　そりゃそうだ。あんたが来る前だからな。安酒場《プルケリーア》で人夫《カルガドール》を殺したんだ。その片をつけるのに五百ドルかかった。いいかい、人夫《カルガドール》を一番どん底とすればだな、メキシコ陸軍の小尉を撃つといくらかかると思う？」

ムーアはウェイターを呼んだ。「サンドイッチが欲しいんだけど《ジョ・キエロ・ウン・サンドウィッチ》」と、笑いかけながら言った。「どんなサンドイッチがある《ケル・サンドイッティ・ティエネ》？」

「何にする？」とリーは中断されたのにいらつきながら尋ねた。

「よくわからない」ムーアはメニューを見ながら答えた。「全粒粉パンのトーストで、溶けたチーズのサンドイッチはできるかな？」ムーアは若作りをするような笑みを浮かべてウェイターに振り向いた。

ムーアが全粒粉トーストに溶けたチーズ、という概念を伝える努力を始めると、リーは目を閉じた。かたことスペイン語のムーアは、無力さを魅力に変えた。「外国で一人ぼっちの少年」の十八番を使っていた。ムーアは内なる鏡に向かって微笑《ほほえ》んでいる。暖かみのかけらもない微笑み、けれど冷たい微笑みでもない。それは老衰の無意味な微笑み、入れ歯の似合う微笑み、排他的な自己愛の中に孤独に閉じこもって年老いた男の微笑みだった。

ムーアは痩せた若者で、いつも金色の髪をいくぶん長く伸ばしていた。淡い青色の目で、肌はとても白かった。目の下に黒い染みがあり、口の回りに深いしわが二本あった。子どものように見えたが、同時にとっつぁんぼうやに見えた。顔からは死のプロセスによる荒廃が読み取れた。触れあいによる生気の充電を断たれて、肉体を腐蝕《ふしょく》が蝕《むしば》んでいる。ムーアの活力源は、彼を文字どおり生かし動かしているのは、ただ憎悪だったが、その憎悪には情熱も暴力もなかった。ムーアの憎悪はのろい、着実な圧力で、弱く、けれど絶え間なく続いて、他人の弱みを狙い続けた。憎悪ののろい滴りが、ムーアの顔に腐敗のしわを刻んでいた。人生の経験抜きで年老いた男だった。貯蔵庫の中で腐っていく肉塊のように。

ムーアには、要点にさしかかる寸前で話に邪魔を入れる特技があった。ウェイターか誰か、手近な人間と長々しい会話を始めるか、でなければ急にぼんやりして、よそよそしく、あくびして、「なんだったたっけ？」と、まるで他人には想像もつかない黙想から、たった今退屈な現実に目を覚ましたばかり、というような真似をする。

ムーアは自分の妻ジャッキーの話を始めた。「最初はね、ビル、あいつは本当にオレに頼りっきりで、仕事で博物館へ行くってだけで本当にヒステリーになったんだ。なんとかあいつの自我を、オレなしでもやっていけるくらいまで鍛えてやったあと、オレにできるのは消えることだけだった。それ以上、何もしてやれることはなかったんだよ」

ムーアは誠実ごっこを始めていた。「なんてこった」リーは思った。「こいつ、本気でそう信じてるんだ」

リーはまたテキーラのダブルを頼んだ。ムーアは立ち上がった。「さてと、もう行かなきゃな。仕事がたまってるんでな」

「じゃあ、そうだな、今晩夕食はどうだ?」とリー。

ムーアは答えた。「ああ、いいよ」

「六時にKCステーキ・ハウス」

「オーケー」ムーアは出ていった。

リーはウェイターが前に置いたテキーラを半分飲みほした。ムーアとは、ニューヨークで何年か不規則に会っていたが、気に入ったためしがなかった。ムーアはリーが嫌いだった。が、それを言うならムーアは誰一人好きではなかった。リーは思った。「おまえは、どうかしてるよ。あんなやつにちょっかいだすとか。あいつがどんなに最低か、よくわかってるくせに。あの手の境界線上のやつは、カマよりも質が悪いんだ」

ＫＣステーキ・ハウスに着いてみると、ムーアは先に来ていた。同席はトム・ウィリアムズ、またもソルトレーク・シティ少年だ。リーは思った。「付添いを連れてきたのか」

「あいつは嫌いじゃないけどな、トム、だけど二人きりではいられないんだ。ベッドに誘い続けるからね。だからおかまはいやなんだ。友情ってとこに留めとくことができないんだ……」そう、リーにはこの会話が聞こえた。

食事の間、ムーアとウィリアムズはシワタネホで作ろうというボートのことを話し続けた。馬鹿げた計画だ、とリーは思った。「ボート作りってのはプロの仕事だろ？」と尋ねた。ムーアは聞こえなかったふりをした。

夕食後、ムーアの下宿へ、ムーアとウィリアムズと一緒に歩いて戻った。戸口で、リーは尋ねた。「紳士諸君、一杯どうだい？　ボトル持ってくるけど……」二人を交互に見る。

ムーアは言った。「いやあ、やめとこう。ほらさ、これから作るボートの設計をしたいんだ」

「ああ、じゃあ、また明日。ラッツケラーで一杯やるのはどうだ？　そうさな、五時ってとこで」

「いや、明日は忙しいと思うから」

「そうだろうけど、飲み食いはするだろ」

「いや、あのさ、このボートってのが、今んとこオレには何より大事なんだ。時間は全部、それでとっちまうんだ」

「御勝手に」とリーは言って、歩み去った。

リーは深く傷つけられた。ムーアの言っているのが聞こえた。「割り込んでくれてありがとう、トム。これで、どうやらあいつにもわかったろう。もちろんリーは面白いやつだし云々《うんぬん》……だけどこのおかまってのはぼくの手には負えないよ」寛容で、問題の両側に目をやり、ある一線までは同情的で、だが最後に如才なく、しかし厳然たる線を引かざるを得なかった、というわけだ。「しかも本気でそう信じてるんだ」とリーは思った。「ワイフについてのたわごとと同じで、手に負えない最低さで、満足するまでたっぷり浮かれ騒いだくせに、同時に自分を聖人みたいに思ってられるんだ。たいした仕掛けだ」

事実、ムーアの肘鉄は、この状況下で相手を最大に傷つけるように計算されていた。おかげでリーは嫌らしい、しつこいおかまで、あまりに愚かで、あまりに無神経なので、自分の色目がお呼びでないことすらわからず、ムーアに嫌々伝家の宝刀を抜かせた、ということになってしまった。

リーは数分街灯に寄りかかっていた。ショックで酔いが醒《さ》め、酔っぱらいの多幸症も流れ去った。自分がどんなに疲れているか、どんなに弱っているかが感じられた。けれど、まだ家に帰る気にはならなかった。

第2章

「この国で作った物は、みんな崩れてく」とリーは思った。ポケット・ナイフのステンレス・スチールの刃を調べていたのだ。クロームメッキが銀紙のように剝《は》がれている。「驚かないよ、もしアラメダで稚児を拾って、そいつのナニが……正直ジョーのおでましだ」

ジョー・ギドリーはリーと同じテーブルにすわり、テーブルと空いた椅子《いす》に包みを落とした。ビール瓶の口を袖でぬぐって、長い息で半分飲みほす。政治家風の、アイルランド赤ら顔をした大男だった。

「どうかしたかい?」

「それほどはな、リー。誰かがおれのタイプライターを盗んだってくらいだな。それに誰が盗ったかもわかってる。あのブラジル野郎だかなんだかだ。知ってるだろう、モーリスっての」

「モーリス？　先週モノにしたやつ？　レスラーの？」

「それはルイだ、ジムのインストラクターの。そうじゃなくて、別のやつだ。ルイはその手のことはすべて大いに間違いだ、って結論を下して、おれが地獄で焼かれるって言ったよ、でも自分は天国へ行くんだとさ」

「マジ？」

「ああ、そうさ。まあ、モーリスはおれくらいにはおかまだな」ジョーはげっぷをした。「失礼。おれに輪をかけて、ってんじゃなけりゃの話だけど。だけどやっこさんはそれを受け入れようとしないんだ。たぶんタイプライターを盗んだのは、例のことは別の腹があってやったんだ、ってことをおれと自分自身とに証明したかったからなんだろう。本当のところは、やつはあまりにおかますぎて、興味がなくなっちまったんだ。まるっきり、ってわけでもないんだが。あのちびっこい畜生を見つけたら、ぶちのめしてやったほうが身のためだ、とはわかってるんだけど、つい、アパートに誘っちまうだろうな」

リーは椅子を壁につくまで傾け、部屋の中を見回した。隣のテーブルに手紙を書いている男がいた。こちらの話が聞こえていたにしても、おくびにも出していなかった。店の主人は、新聞の闘牛欄を前のカウンターに拡げて読んでいた。メキシコ特有の沈黙が部屋中に染みわたり、音もなくふるえていた。

ジョーはビールを飲みほし、手の甲で口をぬぐって、うるんだ、血走った目で天井を睨《にら》んだ。沈黙がリーの身体に染みわたる。顔がたるみ、空っぽになった。不思議に幽霊じみていて、まるで顔を透かして向こうが見えるようだった。顔は年を取り、ぼろぼろに荒れていたが、澄んだ緑の目は無邪気に夢を見ていた。薄茶色の本当にきれいな髪は櫛《くし》で撫《な》でつけていない。たいてい額に垂れ下がってきて、たまに食べ物にさわったり、飲み物に入り込んだりした。

「さてと、もう行かなきゃな」とジョーは言った。包みをかき集めてリーにうなずき、すてきな政治家式微笑をくれて出ていく。けばだった半分はげの頭が視界から消える寸前、日光の中で輪郭が一瞬浮かびあがった。

リーはあくびをして、隣テーブルから新聞の漫画欄を取った。二日前のものだった。テーブルに戻してまたあくびをした。立ち上がって勘定を払い、店を出ると遅い午後の陽が照りつけてくる。行くあてもなかったので、シアーズの雑誌カウンターへ行って、新しい雑誌をただ読みした。

ＫＣステーキ・ハウスの前を通りすぎた。レストランの中からムーアが手招きした。リーは入っていって、同じテーブルに腰かけた。「ひどい顔色だ」と言った。ムーアはそう言ってほしがっていると知っていたからだった。実際問題として、ムーアは本当に普段より顔色が悪く見えた。いつも青白かったが、今は土気色だった。

ボート計画は失敗した。ムーアとウィリアムズとウィリアムズの妻、リルとはシワタネホから戻っていた。ムーアは、ウィリアムズ夫婦とは絶交状態だった。

リーは紅茶をポットで頼んだ。ムーアはリルのことを話し始めた。「いい、リルは向こうでチーズを食べたんだ。リルはなんでも食べて、一度も悪くなったことがなかった。医者にも行こうとしない。ある日起きると片目が見えなくって、もう一方もかろうじて見えるくらいになってた。それでも医者に行こうとしないんだ。二、三日して見えるようになった。前と同じくらいにね。目が潰れればいいのにって思ってた」

ムーアはまるきり本気だ、とリーは気づいた。「こいつ、気違いだ」とリーは思った。

ムーアはリルの話を続けた。もちろん、彼女はムーアに言い寄ってきた。家賃と食事代を余計に払わされた。料理の腕は最低だった。病気になったら置き去りにされた。話題は自分の健康のことに移った。「尿検査の結果を見ておくれよ」ムーアは子どものように熱っぽく言った。彼は紙をテーブルに拡げた。リーはざっと眺めた。

「ほら、ここだ」ムーアは指さして「尿素、13。正常では15から22の間なんだ。危ない、と思う?」

「よくわからないな」

「それに糖も出てる。すると、どういうことになるだろう?」明らかにムーアはかなり本気でこれに取り組んでいた。

「医者に見せたらどうだい?」

「見せたよ。そしたら二十四時間検査をやんなきゃ、それっていうのは、二十四時間の間隔をおいた尿のサンプルをとらなきゃ、なんとも言えないっていうんだ……あのね、胸のところに鈍い痛みがあるんだけど。ちょうどこのあたり。結核じゃないかと思うんだ」

「レントゲンを撮《と》りなよ」

「撮ったよ。今度、医者が皮膚反応テストをやる。ああ、それとさ、オレは波状熱があるんじゃないかと思うんだ。今、熱あると思う?」ムーアはリーにさわらせようと、額を突き出した。リーは耳たぶを触ってやった。「ないと思うよ」

ムーアは延々続けた。真性憂鬱症患者の堂々めぐりにのっとって、結核と尿検査に話は戻ってきた。これほど退屈で気の滅入る話は聞いたことがない、とリーは思った。ムーアは結核にも肝炎にも波状熱にもかかっていなかった。死の病を病んでいるのだ。身体のあらゆる細胞に死が入りこんでいる。身体が、かすかに腐敗の緑の蒸気を放っていた。暗闇で光るのではないか、とリーは想像した。

ムーアは子どもっぽく熱を入れて話した。「手術しなきゃならないんじゃないかな」

もう本当に行かなきゃならない、とリーは言った。

リーはコアウイラ通りを南に折れていった。足をもう一方のまっすぐ真ん前に降ろし、いつも忙しく、何かに急いでいて、まるでホールドアップの現場から逃げ出していたようだった。外国移住者特有の服装をした一団とすれちがった。赤のチェックのシャツの裾を出し、青いジーンズに髭《ひげ》。さらにまた、みっともない、とは言わないまでも陳腐な服を着た若者たちだった。その中にユージーン・アラートンという青年がいるのが見えた。アラートンは背が高く、とても痩せていて、頬骨高く、小さな明るい茶色の口で、琥珀色《こはくいろ》の目は酔うとほんのり紫に染まる。金茶色の髪は、いいかげんな染め仕事をされたみたいに、日光でまだらに白くなっていた。まっすぐな黒い眉毛で、黒いまつげだった。とても若く、清潔で少年ぽく、だが同時に化粧したようで、繊細で、エキゾティック、東洋風というあいまいな顔だった。決して完全に身ぎれいとか身なりがいいとかいうわけではなかったけれど、汚なく見えるようなことだけはなかった。単にだらしなくて面倒くさがりなので、ときには半分眠っているように見えるほどというだけだ。耳から三十センチのところで何か言われても聞いていないことがしょっちゅうだった。「ベラグラ病、だろうな」リーは苦い気分で思った。アラートンにうなずいて微笑《ほほえ》んだ。アラートンはうなずき返し、驚いたようで、笑わなかった。

リーは少し失望して、歩き続けた。「ひょっとしたらあの方面はモノになるかもしれない……ま、おそらくは《ア・ベル》……」リーはレストランの前へ来て鳥猟犬のように凍りついた。「腹減った……何か買って料理するよりここで食べるほうが早い」空腹なとき、酒か、モルヒネの注射が欲しいときには、一秒遅れるのも耐え難かった。

中に入っていって、メキシコ風ステーキと牛乳を一杯注文し、口に唾をためて待った。丸顔で口元のゆるんだ若者がレストランに入ってきた。リーは「やあ、ホレース」と澄んだ声で言った。ホレースは会釈して、口もきかずに、小さなレストランの中で精一杯リーから遠い場所に席を取った。リーは微笑んだ。食事が到着した。がっついて、動物のように、パンとステーキを口に詰め込み、牛乳をがぶ飲みして流しこんだ。椅子にもたれて、タバコに火をつけた。

「コーヒー一杯《ウン・カフェ・ソロ》」と横を通ったウェイトレスに声をかけた。女はダブルの縦縞のスーツを着た二人連れの若いメキシコ人のところへパイナップルソーダを持っていくところだった。メキシコ人の片割れは、うるんだ茶色の出目で油ぎった黒い貧弱な髭を生やしていた。男がまっすぐリーのことを見たので、リーは目をそらした。

「気をつけろ」とリーは考えた。「でないとこっちへ来てメキシコは気に入ったかと訊《き》いてくるぞ」半分まで吸ったタバコを、一センチ残った冷めたコーヒーの中に落とし、カウンターへ歩み寄って勘定を払い、メキシコ人が切出しの文句を考えつく前にレストランを出た。出ていくことに決めたら、リーは即座に出ていく。

シップ・アホイには、船の雰囲気を出すために、まがいもののほや付きランプが二、三個吊《つ》ってあった。テーブルのある小部屋二つ、バーカウンターには高い、不安定なスツールが四つあった。いつも薄暗がりで怪しい雰囲気だった。常連客は寛容ではあったが、決してボヘミアンではなかった。知識人がシップ・アホイの常連になることはなかった。くるくる変わる持ち主のもと、酒類販売許可も取っていないので、いつ閉鎖されてもおかしくない。この時点では、トム・ウェストンというアメリカ人と、アメリカ生まれのメキシコ人とが経営していた。

リーはまっすぐカウンターに行って飲み物を注文した。飲みほすと、二杯目を注文してから、アラートンがいないかと部屋を見回した。アラートンはテーブルで一人だった。椅子を後ろに傾け、足を組んで、膝の上にビール瓶を置いている。リーを見て会釈した。リーは親しげで、かつ何気ない挨拶を試みた。相手に関心を示しながらも、関係を無理強いしないよう計算したのだ。結果は惨憺《さんたん》たるものだった。

リーは、脇に立って旧世界式の威厳ある礼をしようとしたが、代わりに出てきたのは、欲望まるだしの流し目で、それが自分の役立たずの肉体への憎しみによじれ曲がり、そこに可愛い子どもの信頼と好意のしるしの笑みが、とんでもなく場違い、時違いな形で、切り刻まれ絶望的に重なってしまった。

アラートンは驚いた。「こいつ、チック症か何かだろうか」この男がこれ以上悪趣味なことを始めないうちに、接触を避けようと決めた。まるで電話が切れたようだった。アラートンは冷淡なのではないし、つれなくしているのでもない。ただ、彼の目には、リーはそこには存在していなかった。リーは彼をしばらく力なく見詰めていたが、打ち砕かれ、動転してバーに戻った。

リーは二杯目を飲みほした。もう一度見回すと、アラートンはメアリーとチェスを始めていた。髪を赤く染め、上手に化粧したこのアメリカ娘は、リーが飲んでいる間に店に入ってきていた。「なんでこんなところで時間を無駄にしてるんだ？」リーは二杯分の金を払って出ていった。

チムー・バーは外から見ると普通の酒場だが、一歩入ればおかまバーだとすぐわかる。

リーはカウンターでドリンクを注文してあたりを見回した。メキシコ人のおかま三人がジュークボックス前でしなをつくっている。一人がリーの立っているところへ滑るように近づき、神殿踊り子の様式化された身ぶりで、タバコをくれと言う。リーは内面の沈黙の中から彼らを見つめた。その様式化された動きに、何か古代じみたものを感じた。美しくもあり嫌悪を抱かせるものでもある、堕落した動物の優雅さだ。彼らがかがり火の明かりに照らされて動いている様子が目に浮かび、あいまいな身ぶりが影となって暗闇の中へと消えていく。ソドミーは人類と同じくらい古い。

おかまの一人がジュークボックスの隣のボックス席にすわっていたが、バカな動物の静謐《せいひつ》さでまったく身動きしない。

リーは右側に立つ少年をもっとよく見ようと向きを変えた。「なかなかだな」と思い、「何が悲しいんだ?《ポルケ・シ・トリステ》」と尋ねる。芸のない口火の切り方だが、別に会話しにきたんじゃない。

少年はにっこりして、真っ赤な歯茎と鋭いすきっ歯をのぞかせた。そして肩をすくめ、自分は悲しくないとか、とりたてて悲しいわけではないとかいうようなことを言った。リーは店内を見回した。

「場所を変えようぜ《バモノス・ア・オトロ・ルガール》」

そう言うと少年はうなずいた。二人は通りを下って終夜営業のレストランに入り、ボックス席にすわった。少年は片手をテーブルの下でリーの膝に置いた。リーは興奮で腹がキュッとなるのを感じた。コーヒーを一気に飲み干し、少年がビールを飲み終えてタバコを吸うのを苛立《いらだ》たしい思いで待った。

少年の知っているホテルがあった。リーは格子窓から五ペソを押しこんだ。老人が部屋のドアの鍵を開け、椅子の上にぼろタオルを投げかけた。「ピストル持ってる？《ジエバス・ピストラ》」と少年が訊いた。リーの拳銃を目撃していたのだ。リーはそっと武器を置いた。「あ、ピストルを持ってるよ」

彼はズボンをたたんで椅子にのせ、ピストルをズボンの上に置いた。四十歳近いのに、リーの身体は思春期の少年のように細かった。肩と胸は幅があったがきわめて薄い。身体の線は、胸からへこんで平らな腹へと曲線を描く。体毛はあまりなく、頭の薄茶色の髪に比べると色が濃い。

リーは裸でベッドの端にすわり、少年が服を脱ぎ終えるのを眺めた。少年は丁寧に、着古した青いスーツをたたんでいる。シャツを脱ぎ、それを椅子の背にかけた上着の上に置いた。肌はなめらかで銅色だった。少年はショーツを脱ぎ捨て、振り向いてリーに笑いかけた。そして近寄ると、ベッドでリーの隣にすわった。リーは片手をゆっくりと少年の背中に走らせ、続いてもう片方の手で胸の曲線を撫でおろし、平らな茶色い腹に触れた。少年はにっこりしてベッドに横たわった。リーの身体はリズミカルな収縮運動をして、すべての筋肉で相手のなめらかで硬い身体を愛撫している。取り巻いて吸収しようとするアメーバ的反射だ。彼の身体はこわばり痙攣《けいれん》するように硬直し、目の間に火花が散って、歯の間から息がヒューヒューと音を立てる。ゆっくりと彼の筋肉が弛緩《しかん》して相手の肉体から離れた。

上がけの下で肩を触れあわせ、二人ともタバコを吸った。少年は、行かなくちゃと言う。二人とも服を着た。リーは、この少年が金を期待しているのだろうかと思った。不要だろうと判断した。外へ出ると、二人は街角で握手して別れた。

当時のGI学生は、昼間はローラの店に、夜にはシップ・アホイにたむろした。

ローラは正確にはバーとは言えなかった。小さなビール屋とソーダ屋を兼ねた店だった。入ると、左手のコカ・コーラのケースいっぱいにビールとソーダと氷が置いてある。部屋の片側、カウンターの前には黄色く艶《つや》のある皮を張った金属パイプのスツールが、ずらりジュークボックスのところまで並んでいた。カウンターの向かいの壁にはテーブルが列をなしている。スツールの脚のゴムキャップは昔々に消え失せてしまっており、女給が床を掃くために押しのけると耳をつんざく悲鳴をあげた。裏にあるキッチンでは、不精なコックが何もかもを鼻が曲がるほど油っこく揚げた。ローラには過去も未来もなかった。そこはある種の人間がある種の折にチェックインする待合室だった。

チムーで拾ってから数日後、リーはローラの店にすわり、ジム・コーチャンに「最新ニュース《ウルティマス・ノティシーアス》」を大声で読みきかせていた。妻と子どもを惨殺した男の話だった。コーチャンはなんとか逃げ出そうとしていたが、立ち上がろうとするたびに、リーに引きとめられた。「これ、どうだい……『妻が市場から帰ってきたとき、夫はすっかりできあがっていて、四五口径をふりかざしていた』どうして、毎度毎度、ふりかざすのかね？」

リーはしばらく黙読した。コーチャンが落ち着かなげに身じろぎした。「なんてこった」とリーは、目を上げて言った。「妻と三人の子を殺してから、男は剃刀《かみそり》で自殺しようとしたんだ」新聞に目を落とし、「『しかし結果はひっ掻き傷を作っただけで、手当ての必要すらなかった』まったくぶざまな話だ！」ページをめくって見出しをやや大きめの声で読みあげた。「ワセリンを使ってバターを節約するんだとさ。いいことだ。溶かしKYゼリーで焼いたロブスター……こっちのニュースは、服を着た犬にタコス屋台で男がびっくりだと……しかもとても大きな痩せた猟犬だ。タコス屋台の前で男と犬が並んでポーズをとってる写真がある……ある市民がもう一人に火をくれと言った。浮かれた男がマッチを持ってなかったので、最初の男はアイスピックを抜いて刺し殺した。殺人はメキシコの国家的ノイローゼだな」

コーチャンは席をたった。リーもすぐさま立ち上がった。「ケツをおろせ。四年の海軍暮らしでまだケツが残ってんならな」

「もう帰らなきゃ」

「なんだってんだよ、尻に敷かれやがって」

「そう言うなよ。最近帰りが遅いから。うちのかみさんが……」

リーは聞いていなかった。今アラートンが外を通りかかって、中を覗《のぞ》きこむのが見えたのだ。アラートンはリーに会釈せず、一瞬間をおいて歩き続けた。「おれは影になってたんだ」とリーは思った。「ドアからは見えなかったんだ」コーチャンが出ていったのは気づかなかった。

突然の衝動に駆られて、リーはドアから飛び出した。アラートンは半ブロック先だった。リーが追いついた。アラートンは振り向き、眉を持ち上げた。その眉はぺンでひいたようにまっすぐで真っ黒だった。驚いて、少し警戒しているようだった。リーは死にもの狂いで即興した。

「メアリーがついさっきまでローラの店にいた、って教えたかっただけなんだ。このあと、五時くらいにはシップ・アホイにいるってさ」これは半分ばかり真実だった。メアリーはさっきローラにいて、リーに、アラートンを見なかったか尋ねたのだ。

アラートンは安心した。「そりゃ、ありがとう」とかなりうちとけて、「あなたは、今晩行くの?」

「うん、たぶんね」リーはうなずき、微笑んで、すばやく背を向けた。

アパートを出てシップ・アホイに向かったのは五時少し前だった。アラートンはカウンターにすわっていた。リーも腰をおろし、飲み物を注文し、おもむろに、何気なく、まるでよく知っている友人同士の間柄のように挨拶した。アラートンは自動的に挨拶を返してから、リーが自分との間に親しい関係を確立してしまったのに気づいた。それまでは、この男とはできるだけ関わりあわないようにしよう、と決めていたはずなのに。アラートンには人を無視する才能があったが、すでにある場所を占めている者を追い出すのは、あまり上手ではなかった。

リーは話し始めた——何気なく、知性は控え目、乾いたユーモアを混ぜる。徐々に、自分が変人で望ましからぬ人物であるという、アラートンの印象を消していった。メアリーが着くと、リーはほろ酔い加減で旧世界の騎士道流儀に迎え、席を外した。二人はチェスを始めた。

「あれは誰？」リーが出ていってから、メアリーが尋ねた。

「さっぱりわからない」とアラートンは答えた。これまでリーに会ったことがあったろうか？　どうもはっきりしなかった。ＧＩ学生同士では正式の紹介など望むべくもなかった。リーは学生だったろうか？　学校では一度も会ったことがない。知らない人に話しかけるのが珍しいわけではなかったが、リーには警戒心を抱かされた。どこかしら馴々《なれなれ》しい男だった。リーの話には言葉以上の意味があるように思われた。単語や挨拶をところどころ強調するのが、どこか別の時と場所で、自分と親しかったことを暗示していた。まるで「きみならおれの言う意味がわかるよね。きみなら覚えてるよね」と言うように。

アラートンは苛立たしげに肩をすくめて、チェス盤に駒を並べ始めた。まるで自分の不機嫌の原因が判らないでいる拗ねた子どものようだった。ゲームを始めて数分すると、いつもの快活さが戻ってきて、ハミングを始めた。

真夜中を過ぎてから、リーはシップ・アホイに戻った。酔いどれがカウンターに群れ集い、まわり全部がかなつんぼだというようにしゃべっている。アラートンはこの一団の端に突っ立って、明らかに誰にも話相手になってもらえないでいた。暖かくリーに挨拶し、人混みの中に押し入って、ラム・コークを二杯持って戻ってきた。「あっちにすわろうぜ」と彼は言った。

アラートンは酔っていた。目がほんのり紫ぎみに染まり、ひとみが大きく拡がっていた。とても早口で話していたが、声は高く細い、小さな子どもの、ぞっとするような亡霊の声だった。これまで、アラートンがこんな話し方をするのを聞いたことがなかった。憑《つ》かれた霊媒の声のように聞こえた。彼には非人間的な陽気さと無《む》垢《く》さがあった。

アラートンはドイツの対敵防諜部隊での体験談をしていた。密告者の一人が情報局にガセネタを流していたのだという。

「どうやって情報の正確性をチェックするんだい？」とリーは尋ねた。「密告者の情報の九割方がでっちあげじゃないってことがどうやったらわかるんだい？」

「実はわからなかった。でたらめのネタを売りこまれて、ずいぶんカモられたよ。もちろん、情報は全部他の情報提供者でチェックしたし、自前のエージェントも活動して。たいていの情報提供者は、なにがしかでたらめの情報をよこすもんだけど、こいつは全部でっちあげてきた。こいつのおかげで、うちのエージェントは、ありもしないロシアのスパイ網を捜しにいくはめになった。で、最終的にフランクフルトから報告が戻ってみると——全部まるまるガセだ。だけどこいつ、情報がチェックされる前に町からとんずらすると思いきや、さらに持ってくるときた。いい加減、やつのクソにはほとほとうんざりだった。で、ぼくらはこいつを地下室にぶちこんだ。そこはとても寒くて居心地悪い。だけどぼくらにできたのはそこまでだった。囚人は丁重に扱ってやらなきゃならないからな。やっこさんは自白をタイプし続けた、とんでもないのを」

この話はアラートンのお気に入りらしくて、話している最中笑い通しだった。知性と子どもっぽい魅力の混淆《こんこう》にリーは魅せられた。ようやくアラートンは親しげになった。自制も防御もなく、傷ついたことのない子どものようだった。また別の話を始めていた。

リーは細い手を、美しい紫の目を、興奮した青年の顔の赤らみを見つめた。想像の手が強烈な力で伸びた。耳を霊体の指が愛撫し、眉を幽霊の親指が撫で、髪を掻きあげるのがアラートンに感じられるに違いない、と思えるほどの力で。今、リーの手は肋骨《ろっこつ》に触れながら腹へ降りていく。肺に欲望の痛みを感じた。口は半開きになり、もがく獣がうなりかけるように歯を見せた。唇を舐《な》めた。

リーは欲求不満に苦しんだ。欲望を制限されるのは檻の格子のような、鎖と首輪のようなものだ。何日も何年も、鎖につながれ折れない格子を味わってきて、動物が学ぶようにそれを学んだ。決してあきらめることなく、見えない格子の中から覗くのだ、油断なく、注意して、看守が鍵を忘れるのを、首輪がすりきれるのを、格子がゆるむのを待つ……絶望もせず満足もせず苦しみ続ける。

「ドアを開けたらそいつがいて、枝を口にくわえてるんだ」とアラートンはしゃべっていた。

リーは聞いていなかった。「枝を口に」と言ってから、うわの空でつけ加えた。「大きな枝？」

「だいたい五十センチくらい。ぼくはくたばっちまえ、って言った。そしたら何分かして窓に現れた。で、椅子を投げつけたら、ベランダから中庭に飛びおりたんだ。だいたい五メートル。やつは本当にはしっこいんだ。ほとんど人間じゃない。なんか薄気味悪いところがあって、それで椅子を投げつけたんだ。怖かったね。皆、やつは軍から出たくて芝居をしてるんだと思ってたよ」

「どんなやつだった？」

「どんなやつ？　とくに覚えてないな。十八くらいだった。まともに見えたよ。バケツで冷水をぶっかけて、地階のベッドにほっといた。そしたらのたうちまわりだしたけど、でも一っ言も口きかなかった。皆、相応しい罰だと思ったんだよ。たしか翌日病院送りになったと思う」

「肺炎？」

「知らない。水かけたりしないほうがよかったのかな」

リーはビルの入口でアラートンと別れた。

「ここに入るの？」とリーは尋ねた。

「うん。寝床があるんだ」

リーはお休みと言って家に帰った。


それから、リーは毎晩五時にシップ・アホイでアラートンに会うようになった。アラートンは年上の知り合いから友人を作るのに慣れていて、リーと会うのが楽しみなようだった。リーはアラートンが一度も聞いたことのない話のネタの十八番《おはこ》を持っていた。けれど、ときどき圧迫されているような感じも受けた。リーの存在が他のすべてを圧倒してしまうようなのだ。会いすぎだ、と思えてきた。

アラートンは深入りを嫌って、恋に落ちたことも親友を作ったこともなかった。今、自問してみなければならなかった。「ぼくに何を求めてるんだろう？」リーがおかまだとはまるで思い浮かばなかった。おかまなら多少は女々しさが表に出るものだ、と思っていたからだ。結局、リーは自分に聴衆としての価値をおいているのだろう、と結論した。

第3章

美しい、晴れた四月の午後だった。五時ちょうどにリーはシップ・アホイに入っていった。アラートンはカウンターで、アル・ハイマンと一緒だった。断続的なアル中で、リーの知るかぎり一番不潔な、一番愚かな、一番間抜けな酒飲みだ。一方でしらふのときには知的で気さくで、なかなかいい男だった。今はしらふだった。

リーは首に黄色いスカーフを巻き、二ペソのサングラスをかけていた。スカーフと眼鏡をはずしてカウンターに置いた。「スタジオは大変だったよ」ときざな、舞台じみた発音で言い、ラム・コークを注文した。「おい、油田を掘り当てられるかもしれないぜ。今、四番地区で掘ってる連中がいるんだけど、そこからはおれが四十ヘクタールの農場を持ってる国境地帯《テクス・メクス》が目と鼻の先だ」

「おれ、前から石油屋をやりたかったんだ」とハイマンが言った。

リーは彼を見やって首を振った。「悪いけど、無理だな。いいかい、誰にでもできる仕事じゃあないんだ。天分てものがなきゃな。まず第一に、石油屋らしく見えなきゃならない。若い石油屋なんてものはいない。石油屋は五十くらいでなきゃあな。皮膚は陽に乾いた泥のように、ひび割れてしわが寄ってる。とくに首の裏にしわがあって、地図を片手にしらみつぶしに歩いてるから、たいていは泥がつまってる。ギャバのスラックスに白い半袖スポーツシャツを着てる。靴には細かい塵《ちり》がかかっていて、どこに行くにも細かな塵の霞《かすみ》があとについてくる。個人用の砂塵《さじん》てぐあいさね。

これで天分と正しい見てくれを身につけたとする。今度はあちこち歩きまわって土地を借りる算段をするんだ。試掘のために土地を貸してくれる約束を五、六人から取りつける。次は銀行に行って頭取に話す。『まず、クレム・ファァリスがいるよな、谷じゅう誰と比べても遜色ない立派な男で、しかも切れるヤツだ。こいつはこの話にすでにどっぷり漬かっちまってるんだ。それからスクラントン老とフレッド・クロッククリィ、ロイ・スピゴット、テッド・ベインもそうなんだ、みんな昔なじみのいいやつばかり。それじゃあ、ちょい事実関係といこう。おれとしちゃここにみこしを据えて、昼までずっと屁をひり続けてもいいんだ。だけどそうなりゃ時間も食うし、あんたは数字と事実での話が得意な人だよな、ここに来たのも、まさにそういう話をしよう、ってわけだ』

外へ出てって、車のとこに行く。いつもクーぺかロードスターだ――石油屋がセダンに乗ってるのなんか見たことない――後ろのシートに手を伸ばして地図をとりだす、絨毯ほどもある地図の巨大な束だ。頭取の机の上に拡げると、塵のすごい雲が地図から沸き上がって銀行中に溢《あふ》れる。

『この地形測量図を見てくれや。ここは国境地帯《テクス・メクス》だ。さてここを断層が、ずっとジェド・マーヴィンの地所を走ってる。ジェド老にも会ったよ、こないだ行った日にね、いいやつさ。谷じゅう探してもジェド・マーヴィンよりいいやつなんていないよ。さて、いいかい、ソコニーはここのところを掘った』

さらに地図を拡げる。机をもう一つ引っ張ってきて、啖つぼを重しにする。『だけど空井戸《からいど》だよ、で、こっちの地図は……』もう一枚地図を拡げる。『さて、ここで御面倒を願って、めくれ返らないように向こう端にすわってもらえば、どうしてこいつは空井戸で、そもそも、どうして掘ったりしちゃ駄目だったのか、お話ししよう。つまり、ここを見てもらえば、断層がどんぴしゃりジェドの深掘り井戸と国境地帯《テクス・メクス》の間を通って、四番地区につっこんでいるのがわかるね。ところでこのブロックは一九二二年に一度調査されてる。たぶん知ってるだろうが、御老体が仕事をやった。アール・フートって名前だよ、もちろん素敵なやつだとも。そいつはナコドーチェスに隠居しちまってるんだけど、その義理の息子がここんとこに地所を持ってる、以前ブルックスの持ち物だったとこで、国境地帯《テクス・メクス》の北のほう、境を越えたすぐこっちは……』

もうすでに頭取は退屈でふらふらで、塵が肺の中まで浸し始めてる——石油屋は生まれつき塵に免疫があるんだ——で、言う。『なるほど、もしそこの連中がいいって言うなら、たぶん、私のためにもなるんだろう。私も乗った』

で、石油屋は帰って、同じ十八番《おはこ》を他の見込み出資者たちにも繰り返す。それからダラスくんだりから地質学者を連れてきて、そいつが断層やら浸透やら貫入やら頁岩《けつがん》やら砂層やらとごたくを並べたて、どこか場所を選んで、もちろんおおかたはでたらめにね、で掘り始めるんだ。

さて掘鑿人《くっさくにん》だ。こいつは本当の暴れ者じゃなきゃならない。これを探すのは野郎街で――国境の街の売春地帯のことだ――空き瓶だらけの部屋に娼婦を三人抱えてるとこを見つけだす。頭を瓶で叩《たた》きつけ、そいつをひきずりだして、しらふに戻す、そいつは掘鑿現場を見回して唾を吐き、『ふん、おれが掘れって言ったんじゃねえ』

これでもし穴から何も出ないと、石油屋は『まあこんなものさ。オイルを塗ってある穴もありゃ、日曜の朝の商売女のおめこみたいにからっからの穴もあらな』。昔ある石油屋がいた。乾き穴ダットンって呼ばれてて――わかったよ、アラートン、ワセリンねたの冗談はやめとく――治るまでに二十個も乾いた空井戸ばかりを掘った。治るってのは『金持ちになる』って意味だ、石油仲間の気の利いた隠語だよ」

ジョー・ギドリーが入ってきたので、リーはスツールから滑りおりて握手を交わした。ジョーがおかまの話を持ち出してくれないか、と考えていた。アラートンの反応を推し量れるからだ。そろそろアラートンもこちらが何をキメたがっているのか知っておくべきだろう、というわけだ。クールにやりすぎるのも考えものだ。

テーブルに移った。ギドリー、「おれは物を盗るようなタイプが好きなんだ」「困ったことに」とギドリーはラジオと乗馬靴と腕時計を盗まれたという。

「自分のアパートに連れ込むのがよくないんだよ」とリー。「そのためにホテルってものがあるんだろ」

「それは正しい。だけど半分がた、ホテル代を持っちゃいないんだ。それに、おれは誰かに朝飯をつくってもらったり、掃いたりしてもらうのが好きなんだ」

「たしかに一掃されたようだな」

「時計とラジオはどうでもいいんだけど、でもブーツは痛いなあ。永遠の美と喜びの品だった」ギドリーは前に乗り出し、アラートンを見つめた。「こんなことを新人生の前で言っていいものか、あまり自信がねえなあ。気にするなよ、坊や」

「どうぞ」とアラートン。

「ポリをうまいことやっちまった、って話はしたっけかなあ？　自警団《ビジランテ》で、うちの前にいる夜回りよ。おれの部屋に明かりがついてるのを見つけると、必ずラムを一杯せしめにくるんだ。さて、五日ばかり前のことだ。やつはおれが酔っぱらって欲しくなってるところをつかまえて、で何が何してなるようになって、とうとう牛が菊を摘むのを実演してやったわけ……

　でその次の夜、ビール屋の角を歩いてるところに、野郎が酔っぱらって《ボラーチョ》現れて、言った。『一杯やれ』。おれは『酒なんかいらない』。すると、やつはピストラを抜いて言うんだよ。『一杯やれ』。おれがそいつのピストラを取りあげちまうと、野郎はビール屋に入ってって電話で応援を呼ぼうとする。で、しょうがないから入ってって電話を壁から剝《は》がしちまった。そしたらその電話の請求書が来たけど。部屋に戻ってみたら、そこの一階なんだけどさ、窓に『おかまのアメ公《エル・プト・グリンゴ》』って石鹼《せっけん》で書いてあった。で、消さないでそのままにしてあるんだ。広告になるからよ」

酒が続いた。アラートンはトイレに行って、そのままカウンターの会話に加わった。ギドリーは、ハイマンをおかまのくせにそうじゃないふりをしてる、と咎めだてしていた。リーが、ハイマンは本当はおかまではない、と説明しようとしていると、ギドリーは言った。「こいつはおかまで、おまえは違うんだ、リー。おまえさんは仲間に入りたくて、ふりをしてるだけさ」

「誰がおまえのよたよたの仲間になんか入りたいもんか」とリー。アラートンはカウンターでジョン・デュメと話していた。デュメはおかまの小派閥に属している。派閥の本部はカンペシェにあるグリーン・ランタンというビール屋だ。デュメ自身は見え見えのおかまではなかったが、グリーン・ランタンの他の男たちは、きゃあきゃあ騒ぐカマどもで、シップ・アホイでは歓迎されなかった。

リーはカウンターまで行ってバーテンと話し始めた。「デュメがおれのことを話してくれないかな」とリーは思った。劇的な「実はきみに大事な話がある」という告白十八番はどうも苦手で、そしてつらい経験から、何気なく話題にするやり方ではうまくいかないのを知っていたからだった。「ね、ところで、おれはおかまなんだよ」相手はなぜか聞き取れなくなって、叫ぶ。「なんだって?」あるいはずけずけと「きみがおれみたいにおかまだったらいいのに」相手はあくびをして話題を変え、意味がわかったのかどうかもはっきりしない。

バーテンは言っていた。「女は、なんで呑《の》むのか、って訊《き》く。なんと答えればいい? 理由なんかわからない。どうしてあんたはヤクをやる? どうしてかわかるか? 理由なんてないのさ、だけどそれをジェリーみたいなのに説明してみろよ。女相手に説明してみろよ、話でもいいけどよ」リーは同情するようにうなずいた。「おれに言うんだ、どうしてもっと寝て、ちゃんと食べないのよって。あいつにはわからないいし、おれには説明できない。誰にも説明できないいんだ」

バーテンは他の客の給仕で向こうへ行った。デュメがリーのところへ来た。ビール瓶を振ってアラートンを指しながら、「あちらさん、どう思う?」と言う。アラートンは部屋の向う側でメアリーと、ペルーから来たチェス指しと三人で話していた。「おれのところに来て言うんだ。『きみはグリーン・ランタンの人の仲間だよね』でおれは『まあそうだけど』。するとあいつ、ここらのゲイの場所を案内してほしい、って言うんだ」

リーとアラートンはコクトーの『オルフェ』を見にいった。映画館の暗闇で、リーの身体がアラートンに向かって引かれるのが感じられた。アメーバ様の原形質の突起が、盲目の蠕虫のように餓えて、他者の体内に侵入しようと、その肺で呼吸しようと、その目を通して見ようと、そのはらわたと性器の感触を知ろうとしている。アラートンが身じろぎした。リーは刺すような痛みを、魂の筋違えか脱臼のようなものを感じた。目が痛かった。眼鏡をはずして、閉じた目を撫《な》でた。

映画館を出たときには疲れ果てていた。危なっかしく手探りしては物にぶつかった。緊張から声に抑揚がなかった。ときどき手を頭の上へ持っていく。苦痛からの不器用な、無意識の仕草だった。「何か飲みたいな」と言って、通りの向かいのバーを指さした。「あそこだ」

ボックス席に座りテキーラのダブルを注文した。アラートンはラム・コーク。リーは一息でテキーラを飲みほし、効果のほどを知ろうと内面に耳を澄ませた。もう一杯注文した。

「映画はどうだった？」

「面白いところもあった」

「ああ」リーはうなずき、唇を舐《な》めながら空《から》のグラスを見下した。「おれもだ」まるで発声法の教師のように、一語一語を注意深く発音した。

「あいつはいつも何かしらおもれえ効果をやるんだな」とリーは笑った。腹から幸せな気分が沸きあがってきた。二杯目のテキーラを半分飲みほした。「コクトーのおもれえところは、神話を現代に甦《よみがえ》らせる才能だよな」

「まったくだ」とアラートン。

二人は夕食にロシア・レストランへ行った。リーはメニューを眺めた。「ところで、また官憲がシップ・アホイをしゃぶってた。風紀班。二百ペソ。連邦地帯の市民をガサ入れて、一仕事したあとの交番が目に見えるよ。ポリが言う。『よお、ゴンザレス、今日のおれ様の獲物を見てみろよ。オー、ラ、ラ、なんて美味《おい》しいんだ！』

『ああん、バス停かっぱぎのおかま《ブト》を締めあげて二ペセタ稼いだだけじゃないか。誰でも知ってるぜ、ヘルナンデス、てめえのけちな手もな。てめえは連邦地帯きってのけちなおまわりよ』」

リーはウェイターに手を振った。「おい、ジャック。マティーニ二つ《ドス》。ずっとドライなやつな。ドライ《セコ》。それにシーシュカ・ベーブをドス皿。わかった《サベ》か？」

ウェイターはうなずいた。「つまりドライ・マティーニ二杯とシシカバブ二つの御注文ですね。よろしいですか、お客様？」

「完璧、先生……で、デュメとの夕べはどうだった？」

「おかまでいっぱいの飲み屋を何軒かまわった。一軒で、ぼくをダンスに誘って、コナをかけてきたやつがいた」

「乗った？」

「いや」

「デュメはいいやつだ」

アラートンは笑った。「うん、だけどあまり打ち明け話のタイプじゃないな。つまりさ、自分だけでしまっときたいことをね」

「何か具体的なある種のあやまちのことかな？」

「正直、イエス」

「なるほど」リーは考えた「デュメは絶対に外さない」

ウェイターがマティーニをテーブルに置いた。リーはろうそくにマティーニをかざし、嫌悪のまなざしを向けた。「おさだまりの気の抜けたマティーニ、腐れオリーヴ入りだ」

リーは十歳かそこらの子どもから宝くじを買った。ウェイターがキッチンに入ったすきに駆けこんできたのだ。子どもはコレガ最後ノクジナンデスの十八番を使っていた。リーは、酔っぱらったアメリカ人のように、大盤振舞いをした。「マリファナでも買いな、ぼうず」少年は微笑《ほほえ》んで背を向け、立ち去りかけた。「五年たったら帰ってこい、簡単に十ペソかせがしてやる」と背中に呼びかけた。

アラートンは微笑んだ。「ありがたや」とリーは思った。「中産階級のモラルとは闘わずに済むらしい」

「お待たせしました」ウェイターが、シシカバブをテーブルに持ってきた。

リーは赤ワインを二杯注文した。「で、デュメはぼくの、あー、嗜好《しこう》のことは言ったよね？」突然言う。

「ああ」とアラートンは、ほおばりながら言った。

「呪いだ。うちの家系にめんめんと続いてるんだ。リー家のものは、いつも倒錯者なんだ。どうしても忘れられない、あの口にもだせない、腺のリンパが――あ、もちろんリンパ腺のこと――凍りつきそうだったあの恐怖、毒々しい言葉がくらくら回る脳に焼きつけられた。ホモ。おれはホモなんだ。ボルティモアのナイト・クラブで見た、塗りたくっておせじ笑いをしてる、女形のことを思い出した。もしかして、あの人間未満のやつらの一味なのか？　眩暈《めまい》を覚えて、脳震盪《のうしんとう》起こした――ちょい待ち、ドクター・キルデア、あんたの出番じゃないよ――みたいに呆然《ぼうぜん》と歩いていった。自殺しようかとも思ったよ、ただグロテスクな悲惨と恥辱だけの存在に終止符を打つためにね。まだ尊厳がある、って思った。男として死ぬほうが、生きのびて、セックス・モンスターとなるよりは。年取った、偉い女王《おやま》がいて――ボボ、って呼んでた――教えてくれた、おれたちには生き続ける義務があるんだ、ってね。

そして、目のあるものにはみな、背負っているものを堂々と見せてやって、偏見と無知と憎悪を、知識と誠実と愛で征服するんだ、って。敵意ある相手に脅《おど》かされたら、厚い愛の雲を、タコが墨を吐くように吐きかけてやる。

かわいそうなボボの最後は最低だった。マラ公爵のヒスパーノ・スイサに乗ってたとき、たれ下がった痔《じ》がリア・ホイールにからまった。ボボはすっかり中身が抜かれて、あとには中空の殻がシマウマ皮のカバーにすわってただけだった。目も脳味噌も、恐ろしいしゅぽんって音をさせて飛び出しちまった。公爵の言うには、あいつはあの寒気のするようなしゅぽんを棺桶まで背負ってくだろってさ。

そのとき、孤独って言葉の意味を知ったんだよ。だけどボボの言葉は墓の中から戻ってくる、静かにひび割れた歯ぎしりで。『本当に孤独な人間なんていない。あなたはすべての生けるものの一部なのよ』難しいのは他の誰かに、相手が本当に自分の一部だってことを納得させることさ、そう、だからなんでもこいだ。おれたち部分同士は力を合わせるべきなんだ。リョーカイ？」

リーは一拍おき、もの思わしげにアラートンを見た。「いったい、おれとこいつはどこまで来てるんだろう？」と訝った。アラートンは礼儀正しく聞いており、合間合間に相槌をうった。「つまり、おれの言ってるのは、我々はみんな、とてつもない全体の一部だってことだ。逆らったってしょうがないんだ」いいかげんこの十八番にはうんざりしてきた。落ち着かなげにどこか降りる場所を探した。「ゲイ・バーには幻滅しなかったか？　もちろん、ここのおかまバーは、アメリカ側のおかま酒場とは比較にならんさ」

「わからないな」とアラートン。「デュメが連れてってくれたところの他、おかま酒場なんて入ったことがないもの。スリル、あるんだろうなあ」

「本当に、入ったことない？」

「うん、一度も」

リーが勘定を払って、涼しい夜の中に出た。空に三日月が、煌々と緑色に輝いていた。二人はあてもなく歩いていた。

「うち来て、一杯飲まないか？　ナポレオンのブランデーがあるんだ」

「いいよ」とアラートンは言った。

「まるっきり飾りたてない、慎ましやかなブランデーなんだ、いいかい、観光客向け甘ったるさ抜きの、万人向きの見え見えの味つけとは縁のないやつ。おれのブランデーには、味を押しつけるような、鬼面人を驚かす下衆な細工はいらないんだ。来いよ」リーはタクシーを停めた。

「三ペソでインスルヘンテスとモンテレイの角まで」とリーは運転手に危なっかしいスペイン語で言った。運転手は四、と言う。手を振って退ける。運転手は何かを呟《つぶや》き、ドアを開いた。

入って、リーはアラートンのほうを向いた。「おれってヤツは、平然と危険思想を抱いてるんだ。いいかい、プリンストンにいた頃は、共産主義ってのがキメだった。私有財産や階級社会を支持するなんて、自分を愚かな田舎者か、高等監督教会派の男色野郎だ、と宣言するようなものだった。だけどおれはあくまで感染から身を守った――共産主義の感染だよ、もちろん」

「ここだ《アキ》」リーが三ペソ渡すと、運転手はまた何かを呟いて、ひどい音をさせてギアを入れ、車を走らせていった。

「ときどき、この連中はぼくたちが嫌いなんじゃないか、って思うことがある」

「人に嫌われたって気になんかしないな」とリー。「問題は、相手がそれで何ができる立場にあるかってことだ。明らかに、ゼロだ。今のところはな。向こうはゴーサインが出ていない。例えば、今の運転手はグリンゴ嫌いだ。だけど、もしこいつが誰かを殺すとして——たぶん確実にやるだろが——も、その相手はアメリカ人じゃない。誰か別のメキシコ人だろう。あるいは親友かもしれない。友達はよそ者より怖くないいんだ」

リーはアパートのドアを開いて明かりをつけた。アパート中に救い難い混乱が溢れかえっているようだった。そこここで、物を山にまとめようと、無駄な努力がしてあった。生活感がなかった。絵もない、装飾もない。どう見ても、家具に彼のものは一つもなかった。けれど、リーの存在がアパートを満たしていた。椅子《いす》の背にかけたコートとテーブルの上の帽子は、すぐに彼のものと知れた。

「飲み物を作ろう」キッチンから水用のグラスを二つ出してきて、メキシカン・ブランデーを注いだ。

アラートンはブランデーを味わった。「あらまあ。ナポレオンのしょんべんだな、こりゃ」

「そう言うんじゃないかと思ってた。きみは舌が訓練されてない。きみたちの世代は、肥えた舌が鍛練した少数者にもたらす楽しみを、味わったことがないのさ」

リーはぐっとブランデーをあけた。恍惚《こうこつ》の「はあっ」というのをやろうと、ブランデーをすこし飲みこみ、むせ始めた。「たしかにひでえや」口がきけるようになってから、言った。「でも、カリフォルニア・ブランデーよりはましだ。コニャックっぽい味わいのかけらも残ってる」

長い沈黙が続いた。アラートンはすわりこみ、頭を寝椅子にもたせかけていた。目は半分閉じていた。

「家を案内しようか？」とリーは、立ち上がって、「こっちが寝室なんだ」

アラートンはゆっくりと腰を上げた。寝室に入って、アラートンはベッドに横になってタバコに火をつけた。リーは一つしかない椅子にすわった。

「まだブランデー飲む？」とリーは尋ねた。アラートンはうなずいた。リーはベッドの端にすわって、グラスを満たして手渡した。リーがセーターに触った。「いい品だね、いいこちゃん。メキシコ製じゃないね」

「スコットランドで買ったんだ」アラートンは猛烈なしゃっくりを始め、起きあがってトイレに駆け込んだ。

リーは戸口に立っていた。「ひどい、いったいどうしたってんだ。そんなに飲んでもいないのに」グラスに水を入れてアラートンに渡した。「大丈夫?」

「うん、たぶん」アラートンはまたベッドに寝た。

リーは手を伸ばしてアラートンの耳に触れ、横顔を愛撫した。アラートンは手を伸ばしてリーの片手に重ね、握りしめた。

「セーター脱ごう」

「オーケー」とアラートン。セーターを脱いで、再び横になる。

リーは自分の靴とシャツを脱いだ。アラートンのシャツをひらいて手を肋《あばら》から腹に走らす。腹は手の下で縮んだ。「きみは本当に痩せてるな」

「とてもチビなんだ」

リーはアラートンの靴と靴下を脱がせた。ベルトをゆるめてズボンのボタンをはずす。アラートンは背を丸め、リーがズボンと下着を引っぱって、脱がせた。自分のズボンとパンツを脱いで、横に寝た。アラートンは反発も軽蔑もせず、応じてきた。けれどその目にリーが見たのは奇妙な無関心、赤ん坊や獣の、人間味のない静けさだった。

終わって、二人横にならんでタバコをふかしながら、リーは言った。「ああ、ところで、質《しち》に入ってるカメラが流れそうだ、って言ってなかった？」今持ち出すのは利口ではないとは考えたのだが、アラートンは腹を立てるタイプではない、と思ったのだった。

「ああ、四百ペソで。今度の水曜日に流れちゃうんだ」

「じゃあ、明日行って、請け出してこよう」

アラートンは裸の肩を片方、シーツから持ち上げた。「オーケー」

第4章

金曜の夜、アラートンは仕事に行った。ルームメイトに代わって英字新聞の校正をやっていたのだ。

土曜の夜、リーはザ・キューバでアラートンに会った。シュルレアリストのバレエ舞台装置のような内装の店だ。壁は、水面下の光景を描いた絵で埋まっていた。人魚と海の精が巨大金魚の間に入念に置かれ、まったく同じ、凍りついた驚きの表情で客を迎える。魚にさえもその驚愕《きょうがく》が伝染しているように見えた。客には不安感を与えた。まるでこの両性具有の生き物たちが、自分のすぐ後ろか、すぐ脇にいる何者かに怯《おび》えているように思え、その目に見えない存在のために不安になるのだ。あまりここをひいきにしている者はいなかった。

アラートンはなんだか不機嫌で、リーは落ちこんで、マティーニを二杯やるまで落ち着かなかった。「なあ、アラートン……」長いだんまりのあと、リーは言った。アラートンはハミングをしながら、テーブルを指で叩《たた》き、落ち着かなげにあたりを見回していた。声をかけられてハミングをやめ、眉を持ち上げた。

「この小僧め、こざかしくなってきやがった」とリーは思ったが、つれなくて傲慢だからって罰するわけにもいくまい。

「あちこち旅行してきたけど、メキシコほどひどい仕立屋にはこれまでお目にかかったことがない。一度でも、まともな仕事をやらせたことがあるか？」リーはじろじろとアラートンの汚らしい格好を見た。リー並みに、服装に無神経だった。「どう見てもないようだな。例えばおれが引っかかった仕立屋だ。既成服のズボンを買った。合わせてる暇がなくてね。あのパンツなら、おれたち二人が充分入れる」

「ひどい格好だろうな」とアラートン。

「人が見たらシャム双生児だと思うぜ。話したっけ、シャム双生児のかたわれが、相手のヤクをやめさせようってんで逮捕させたっての？　仕立屋に話を戻すと、そのズボンを別の一本と一緒に持ってったんだ。『こいつは大きすぎる。この、もう一本と同じサイズまでつめてくれ』。二日でやるって言いやがった。それがもう二ヶ月前だ。『明日《マニャーナ》』『午後には《マス・タルデ》』『間もなく《アオーラ》』『直ちに《アオリータ》』ってんで、取りにいくとそのたびに『トダビア・ノ』――まだできてません。昨日、もう『間もなく《アオーラ》』の十八番《おはこ》にはほとほとうんざりしちまった。で、言った。『できてようといまいと、そのズボンをよこせ』。ズボンは縫目をすっかりほどいてあった。『二ヶ月かかって、ズボンをばらばらにしただけか』。そいつを別の仕立屋まで持ってって、『縫い合わせろ』って言ったよ。腹減ってる？」

「うん、実を言うと」

「パットのステーキ・ハウスは？」

「いい考えだ」


パットの店のステーキは最高だった。リーが好きなのは、いつ行ってもすいているからだった。店で、リーはドライ・マティーニのダブルを注文した。アラートンはラム・コークだった。リーはテレパシーの話を始めた。

「テレパシーが実在するのはわかってる。おれは実際に経験してるから。証明しようなんてつもりはない。実際、誰かに何かを証明しようなんて気はさらさらないんだ。おれが興味あるのは、それをどう利用するか、ってほうだ。南米のアマゾンの源流に、イェージって木があって、テレパシーの感度を高めてくれるそうだ。まじない師が使ってるらしい。コロンビアの学者が、名前は忘れちまったけど、ともかくイェージから薬を抽出して、テレパシンって名づけた。これ、全部雑誌の記事で読んだんだ。

しばらくして、また別の記事を見つけた――ロシア人は、奴隷労働の実験にイェージを使ってるんだ。どうやら機械的な服従状態を作り出して、いずれはもちろん思考コントロールをしようって腹だ。やらずぶったくり。根回し抜き、演説抜き、十八番抜き、ただ誰かの心に入っていって、命令を出すだけ。おれの理論じゃ、マヤの祭官は一方通行のテレパシーを開発していて、それで土民をだましてこき使ったんだ。この計略はしまいには破綻した。なぜってテレパシーは本質的に一方通行の仕掛けではないし、送信者と受信者の仕掛けでもないからさ。

今頃は、アメリカもイェージの実験を始めてるだろう。おれが思ってる以上に馬鹿なら話は別だが。イェージは、テレパシーについての実用的知識への鍵になるかも知れない。化学的に可能なことは、必ず別の方法でも実現できるから」リーはアラートンが話に乗ってこないのを見てとって、話題を変えた。

「おいぼれユダヤ人がオーバーに五キロの金塊を縫い込んで密輸しようとした話は読んだ？」

「いや。どうなったの？」

「うん、このユダ公はキューバへ行く途中の空港でとっつかまった。聞いた話じゃ、地雷探知機みたいなのが空港にはあって、妙な分量の金属を身につけてゲートをくぐると、ベルが鳴る仕掛けなんだとさ。で、新聞によれば、このユダ公を絞って金を見つけるのを、ユダヤ風の外国人が空港の窓に大量にたかって、興奮した顔で見物してたんだってよ。『オドロキ、ユダヤの魚スープ《オイ・ゲヴィルテ・フィッシュ》！　エイブをかどかわすつもりだ！』ローマ時代にユダヤの蜂起があって――エルサレムで、だったと思うがね――五万人のローマ人が殺されたんだ。ユダ女は――もとい、若いユダヤ人女性はってこと。反ユダヤ主義者の嫌疑だけは受けないように注意しないとな――ローマ人の腸を使ってストリップをやったってよ。

　腸っていえばさ、友だちのレジーの話はしたっけ。英国情報部の知られざる英雄の一人。任務で尻の操《みさお》と腸のおしまいを三メートルなくしたんだ。長いことアラブの男に変装して、司令部にはただ『ナンバー69』として知られるだけだった。だけど、シックス・ナインで刺しつ刺されつってのは空望《からのぞ》みだった。アラブ人ってのは、男役はいつも男役、女役はいつも女役で、本当に一役しかしないからね。そのうち、珍しい東洋の病気をうつされて、哀れなレジーは腹わたを大量になくしてしまった。神と祖国のために、か？　あいつは演説とか勲章なんか欲しくなかった。ただ、自分が奉仕したというそれだけで充分だったんだ。その長い辛抱の期間を思ってもみろよ、ただジグゾーパズルの一コマがはまるのを待ち続けるんだぜ。

レジーみたいな工作員のことを知る人は少ない。だけどああいう連中の情報、危険と苦痛の中で集められた情報が、前線の将軍の輝かしい反攻と、胸の勲章を生んでいるんだ。例えば、KYゼリーの品切れから敵の石油不足を最初に見抜いたのがレジーだった。それだって輝かしい勲功の中のほんの一つにすぎない。二人用Tボーンステーキは？」

「ああ」

「レア？」

「ミディアム・レア」

リーはメニューを眺めていた。「アラスカ焼きがある。食べた？」

「いや」

「これはいいよ。外が熱くって中が冷たい」

「それでアラスカ焼きっていうんだろうな」

「新しい料理を思いついた。生きてる豚をつかまえて、すごく熱いオーヴンに放りこむんだ。外側はローストで、ナイフをいれると中はまだ生きててピクピクしてるって寸法。あるいは、もっと芝居がかった店なら、火のついたブランデーをぶっかけた豚が厨房から駆け出してきて、ちょうど客の椅子《いす》のところで死ぬ。カリカリ、バリバリの耳をはがして、カクテルのつまみにする」

外に出ると、シティはすみれ色の霞《かすみ》に沈んでいた。暖かい春風が公園の木々を通して吹き出していた。公園を抜けてリーの家まで戻った。笑い疲れて、ときおり立ち止まってお互いにもたれかかった。メキシコ人がすれ違いざま「クソ野郎《カブローネス》」と言った。リーが背中に怒鳴った。「このアホンダラが《チンガ・トゥ・マードレ》」加えて英語で「てめえのちんけな国まで来てやって、立派なアメリカ・ドルを使ってやって、それでどうだ？

公共の通りのど真ん中で馬鹿にされんのかよ」メキシコ人は振り向いた。ためらいながら、リーはコートのボタンをはずしてベルトのピストルに親指で触れた。メキシコ人は歩き続けた。

「いつか歩き去らない日が来るんだろうな」とリー。

リーのアパートでブランデーを少し飲んだ。リーはアラートンの肩に腕を回した。

「まあ、どうしてもと言うなら」とアラートン。

日曜の夜、アラートンはリーのアパートで夕食を食べた。リーは鳥レバーを料理した。アラートンがレストランでいつも注文するのだが、古いのしか出てこないのだ。夕食後、リーはアラートンを愛撫《あいぶ》し始めたが、アラートンはリーの誘いをはねつけ、シップ・アホイへ行ってラム・コークが飲みたい、と言った。ドアから出る前に、リーは明かりを消してアラートンを抱きしめた。アラートンの身体はそれを嫌がり硬直していた。

シップ・アホイに入ると、リーはカウンターへ行って、ラム・コークを二つ頼んだ。「うんと強くして」とバーテンに言う。

アラートンはメアリーと一緒にテーブルに座っていた。リーはラム・コークを運んでアラートンの脇に置いた。それから、ジョー・ギドリーのいるテーブルについた。ジョー・ギドリーは若い男を連れていた。そいつは軍の精神科医にどういう扱いをされたか話していた。「それで、精神科医は何を教えてくれたんだい」とギドリーが言った。声にはあざけるような、馬鹿にした響きがあった。

「エディプス・コンプレックスなのがわかったんだ。ぼくは自分の母親を愛しているんだ、ってわかった」

「あのねえ、誰だって自分の母親は愛してるもんだよ、坊や」とギドリー。

「そうじゃなくて、ぼくは肉体的に母を愛してるんだ」

「信じられんね、坊や」とギドリー。これがリーにはおかしくて、笑いだしてしまった。

「ジム・コーチャンは国へ帰ったとさ」とギドリー。「アラスカで働くつもりだって」

「ありがたや、ワタクシめは他に食いぶちのある紳士だから、極地近くの厳しい気候に身をさらして働かずに済みますな」とリー。「ところで、ジムのワイフのアリスって会った？　まったく、ありゃ並ぶものなきアメリカ産スベタだな。あれほどのにはお目にかかったことがない。ジムは家に呼べる友だちの一人もいないんだ。外食も禁じられてる。彼女の見ていないところで栄養分を摂っちゃいけないからってさ。そんな話聞いたことある？　もちろん、おれんとこは禁止区域で、うちに来るときは、いつも怯えた目つきだった。まるでわからないな、どうしてアメリカの男は、女にあんな扱いを受けて甘んじてるんだ？　もちろん、おれとて女体の専門家とは申せませんがね、それでもあのアリスってのは骨と皮ばっかで、まるで食い気をそそらないし、身体いっぱいに『アレ下手』って書いてあるような女じゃねえか」

「今日はえらくかみつくな、リー」とギドリー。

「それも理由ありでね。あのウィッグって野郎の話はしたっけ。うろついてたアメリカ人のジャズ狂で、クールなベースを弾く、って評判のヤク中。いつでもたかりで、金を持ってるときでもな、いつもヤクをねだるんだ、『いや、買うつもりは全然ないんだ。やめようとしてるから。だから半分だけ』。だまってりゃつけあがって、やりたい放題よ。三千ドルのクライスラーの新車を乗り回しといて、金がないからてめえのヤクが買えないとかぬかしやがる。おれをなんだと思ってるんだ、ヤク中愛護協会かなんかか？　冗談じゃねえや。ウィッグって、最低に醜いやつだね」

「そいつとやったの？」とギドリーが尋ねた。年少の友人はこれを聞いてショックを受けたようだった。

「ぜんぜん。もっと大きな魚がかかったんだ」リーはアラートンを見やった。メアリーの話に笑っているところだった。

「まさに魚だな」ギドリーが皮肉った。「冷たくて、つるつるで、捕まえにくい」

第5章

リーは月曜の朝十一時にアラートンと約束があり、国営質店《しちてん》でカメラを請け出してくることになっていた。リーはアラートンの部屋に来て、十一時ちょうどに彼を起こした。アラートンはむっとしている。すぐにでも眠りにかえりそうだった。しまいにリーは言った。「どうなんだ、今すぐ起きるのか、それとも……」

アラートンは目をあけてカメのようにまばたきした。「起きるよ」

リーはすわって新聞を読み、アラートンが服を着るのを見ないように気をつけた。怒りと傷みを抑えようとして疲れ果ててしまった。ひどい疲れで、頭も身体も鈍っていた。顔はこわばり、声も一本調子だった。朝食の間もそんな調子だった。アラートンは黙ってトマトジュースをすすった。

カメラを請け出すのにはまる一日かかった。アラートンが質札《しちふだ》をなくしていたのだ。二人は事務所から事務所へと渡り歩いた。係官たちはかぶりをふって、机を指で叩《たた》いて、待った。リーは袖の下に二百ペソ余計に取り出した。結局、元金の四百ペソに加え、利息分といろんな手数料を払わせられた。カメラをアラートンに渡してやると、一言も言わずに受け取った。

二人は黙ったままシップ・アホイに戻った。リーは店に入ってドリンクを注文した。アラートンは消えてしまった。一時間ほどしてから、店に入ってきてリーの隣にすわった。

「今晩、夕食どう?」リーが訊《き》いた。

「いや、今日は仕事をするつもり」

リーは意気消沈し、打ちのめされた。土曜の夜の笑みと暖かみは消え、その理由がリーにはわからなかった。愛情や友情の関係においては、いつでもできるだけ、非言語レベルの直観的触れあいや、考えや気持ちの無言のやり取りを作り上げるようにしてきた。今、アラートンに唐突に触れあいを断ち切られ、肉体的な苦痛を感じた。まるで、おそるおそる他者に向かってのばした自分の一部が切断され、血を流している切り口を、ショックと共に、信じられない思いで眺めているような苦痛だ。

リーは言った。「ウォーレス委員会みたいに、生産調整に補助金を出そう。今晩、仕事をしなければ二十ペソ払う」この考えをもっと発展させようとしたが、アラートンの冷淡な無関心がそれを押しとどめた。リーは黙りこくって、アラートンを、驚いたような、傷ついた目で見つめた。

アラートンはいらいらして気がたっていて、机を指で叩いてはきょろきょろ見回していた。なぜリーが癇《かん》にさわるのか、自分でもよくわからなかった。

「一杯どう？」とリー。

「いや。今はいい。どのみち、もういかなきゃ」

リーはよろよろと立ち上がった。「そうか。それじゃまたな。また明日」

「ああ、おやすみ」

立ちつくすリーをおいて出ていく。リーは、アラートンを引き留める策を編み出すか、翌日に約束を入れるか、どうにかして自分の受けた傷を和らげようとしていた。

アラートンは行ってしまった。リーは椅子《いす》の背を探って、病気で衰弱した人物みたいにその中に身を沈めた。テーブルを見つめ、身体がとても冷えたときのように頭の働きは鈍かった。

バーテンがリーの前にサンドイッチを置いた。「うん?」とリー。「何、これ?」

「注文したサンドイッチ」

「ああ、そうか」二、三口かじって、水で流し込んだ。「つけといて、ジョー」とバーテンに告げる。

立ち上がって店を出た。歩みは遅い。何度か木にもたれかかり、腹痛を抱えているみたいに地べたを見下ろした。アパートの中でコートと靴を脱ぐと、ベッドに腰をおろした。のどが痛みだし、目がうるみ始め、リーはベッドに身を投げると、身をふるわせてすすり泣いた。膝を抱えて、握りしめた手で顔を覆った。朝方近く、仰向けになって身体をのばす。すすり泣きは止み、表情も朝の光の中で和らいでいった。

リーは昼を回った頃に目を覚まし、片方の靴を手でぶら下げて、長いことベッドの端にすわっていた。目に水をはねかけると、コートを着て、外に出た。

ソカロまでいって、何時間かうろついた。口が乾いていた。中華料理屋に入り、ボックス席にすわってコーラを注文した。惨めさが全身に広がっていった。いっぺんすわってしまうと、身体を動かして気をそらすこともできなかった。「どうしたんだろう」とリーは不思議に思った。

無理やり事実を直視した。アラートンは、相互関係が可能なほどのおかまではないのだ。リーの愛情に苛立《いらだ》っている。やることない人間に限ってそうなのだが、アラートンも自分の時間をとられるのをいやがった。仲のいい友達がいなかった。きっちりした約束が嫌いだった。人に何かを期待されていると感じるのが好きではなかった。できるかぎり、外からの圧力なしに生きていきたかった。カメラを取り返してやろうとしてリーが金を出したのが、アラートンの癇にさわったのだ。自分が「インチキ取り引きにひきずりこまれ」、欲しくもない借りを押し付けられたように感じていた。

アラートンは、六百ペソの贈り物をくれる友人なんてものがいるとは思わなかったし、リーを搾取するのもいい気分ではなかった。が、事態を収拾しようともしなかった。人の好意を受け取っておきながら、それに憤慨することの矛盾を直視したくなかったのだ。リーは、自分がアラートンになりきって物を見ることができるのを知った。もっともその過程は苦痛だった。アラートンの冷たさがどれほどのものかも思い知らされることになったからだ。「おれはあいつが好きで、あいつにも好かれたかっただけだ」とリーは考えた。「何を買おうとしたわけでもないのに」

「この町を出よう」と決めた。「よそに行くんだ。パナマか、南米かにでも」駅まで出かけて、ベラクルス行の次の列車がいつ出るかを調べた。その晩に一本あったが、切符は買わなかった。たった一人で、どこかアラートンから遠く離れたよその国に降り立つことを考えると、冷たい孤独感に襲われたのだ。

リーはシップ・アホイまでタクシーを拾った。アラートンはおらず、リーはカウンターに三時間もすわりっぱなしで、飲んでいた。やっとアラートンは戸口に顔を覗《のぞ》かせたが、おざなりに手を振ると、メアリーと二階に上がっていった。リーにはわかっていた。二人はオーナーの部屋に行ったんだ。そこでよく夕食を食べていた。

リーはトム・ウェストンの部屋に上がっていった。メアリーとアラートンがいた。リーは腰をおろし、アラートンの注意をひこうとしたが、飲みすぎていてまともなことが言えなかった。何気ない、ユーモア溢《あふ》れる会話を続けようとあせる様は、見ていて痛々しいものだった。

眠ってしまったのだろう。メアリーとアラートンはいなくなっていた。トム・ウエストンがホット・コーヒーを持ってきてくれた。コーヒーを飲むと、立ち上がってよろよろとアパートを出た。疲れきって、彼は翌朝まで眠り続けた。

混沌《こんとん》とした酒浸りの一ヶ月間の光景が目の前を通りすぎていった。見覚えのない顔があった。琥珀色《こはくいろ》の目と黄色い髪、美しいまっすぐな黒い眉のハンサムな若者だ。インスルヘンテスのバーで、ほとんど知らない相手にビールをおごろうとして、冷たくあしらわれる自分の姿が見えた。コアウイラのマリファナ・パーティーからつけてきて襲おうとしたやつに、銃を突きつける自分の姿が見えた。家まで手を貸してくれた人々の、優しいしっかりした手の感触がよみがえってきた。「くよくよすんなよ、ビル」幼なじみのロリンズ、エルク・ハウンドと一緒にしっかり雄々しく立っている。路面電車に追いつこうと走るカール。意地悪な憎たらしい笑みを浮かべたムーア。そんな顔が悪夢の中で融け合い、不気味な呻《うめ》くような意味を成さない声で話しかけてきて、始めから何を言っているのかもわからず、やがて聞こえなくなっていった。

起き上がって髭《ひげ》を剃《そ》ると、気分がよくなった。ロールパンも食べられたし、コーヒーも飲めた。タバコを吸って新聞を読み、アラートンのことは考えないようにした。とりあえずダウンタウンに出かけて、銃砲店を覗いた。コルト・フロンティアの掘り出し物があったので、二百ペソで買った。完全な状態の32－20用で、製造番号が三十万番台。アメリカ側なら少なくとも百ドルはする。

アメリカ本屋に出かけて、チェスの本を買った。チャプルテペック公園まで行き、沼上のソーダ・スタンドに腰かけて読み始めた。真正面に島があって、巨大なイトスギの木が生えていた。木には、何百というハゲタカがとまっていた。何を食べているのだろう、とリーは考えた。パンを投げてやると、島に落ちた。鳥はまったく関心を示さなかった。

リーはゲーム理論とランダム行動の戦略に興味を持っていた。予想したとおり、ゲーム理論はチェスには適用できない。チェスはルールにより偶然の要素を取り除き、予測不能の人間的な因子を排除しようとするからだ。もしチェスのメカニズムが完全に理解されれば、最初の一手だけで結果を予測できるだろう。「思考機械のためのゲームだ」とリーは考えた。読み進むにつれて、ときおり笑みを浮かべた。しまいに立ち上がると、本を沼の向こうに放り投げ、歩み去った。

自分の求めるものがアラートンからは得られないことはわかっていた。事実の法廷はリーの請願を却下していた。しかし、リーはあきらめきれなかった。「もしかすると事実を変える方法を発見できるかも知れない」と思った。どんな危険をも冒す覚悟はあったし、どれほど極端な行動にでも走るつもりだった。失うもののない聖者や指名手配中の犯罪者のように、自分の不平だらけで臆病で老いた怯《おび》えた肉体の訴えの彼方へと踏み越えたのだ。

シップ・アホイまでタクシーを拾った。アラートンはシップ・アホイの前に立っていて、日光に鈍重にまばたきしていた。リーは彼を見てにっこりした。アラートンも笑い返した。

「元気？」

「眠い。起きたばっかり」アラートンはあくびをして、シップ・アホイに入っていきながら片手を振り――「じゃあな」――カウンターに腰をおろすとトマトジュースを注文した。リーも隣にすわると、ダブルのラム・コークを注文した。アラートンは席を移って、トム・ウェストンと一緒のテーブルに腰をおろした。「トマトジュース、こっちに持ってきてくれるかい、ジョー」とバーテンに声をかけた。

リーはアラートンの隣のテーブルにすわった。トム・ウェストン一行は帰るところだった。アラートンは一緒に出ていった。戻ってくると、別の部屋にすわって、新聞を読みはじめた。メアリーがやってきて、一緒にすわった。数分しゃべってから、チェス盤を取り出した。

リーは三杯をあけていた。歩み寄って、メアリーとアラートンがチェスをしているテーブルに椅子を引き寄せた。「いよう。高見の見物させてもらうよ」

メアリーはうんざりして目を上げたが、リーの向こう見ずなすわった目つきに会うと微笑《ほほえ》んだ。

「チェスのことをいろいろ読んでいてね。発明したのがアラブ人だ、っていうのはうなずけるよな。すわってることにかけちゃアラブに勝る者はない。昔のアラブのチェスの試合ってのはただのすわり競争だったんだ。両方の選手が飢え死にしたら、千日手で引き分け」リーは息をついで、ぐっとドリンクを飲んだ。

「チェスのバロック時代の定石は、相手の気にさわることを何度でも繰り返して悩ませるって手だった。デンタル・フロスを使うとか、関節を鳴らすとか、つばで風船を作るやつとかもいたって。手口は絶えず進歩した。一九一七年のバグダッドでの試合でアラブのアラクニッド・カイヤームがドイツのマスター、クルト・シュレミールを破ったときには、『おまえが消えてもおれは無事』っていう唄を四万回口ずさんで、一回ごとに盤に手をのばしては駒を動かすようなふりをしてみせたんだ。シュレミールはとうとう痙攣《けいれん》を起こしちゃったって。

イタリアのマスターのテトラッツィーニが演《や》るところを運よく見たりしたことない？」リーはメアリーのタバコに火をつけた。「『演る』って言ったのは考えあってのことで、こいつはすごい芸人だったんだ。そして芸人の例に漏れず、彼もいかさま主義を捨てきれなかったし、ときにはもろにインチキをやった。ときどき、自分の動きを隠すために相手を煙にまいたりした——文字どおり煙でまいたってことだよ、もちろん。訓練した白痴の群れを飼っていて、合図するとなだれこんできて駒を全部くっちまう。負けが見えてくると——これがまたしょっちゅう、彼、本当はチェスなんかルール以外何も知らなかったし、それすらあやふやだったから――そのときは、飛び上がって叫ぶんだ。『この安手のチンピラ野郎めが！　クイーン隠すのを見たぞ！』で、相手の顔に割れたティーカップを叩きつける。一九二二年、列車でプラハから追い出された。次にテトラッツィーニを見たのはウバンギ上流だ。落ちぶれきって。無認可のコンドームを行商してた。その年はあの牛疫の年で、何もかも、ハイエナすらも死んだ」

リーは間をおいた。この十八番は、誰かが口述しているかのように頭に浮かんできていた。次に自分が何を口走るのかもわからなかったが、察するにそろそろこのモノローグ、下《しも》がかってくる頃だろう。メアリーを見た。意味ありげな目配せをアラートンとかわしていた。「恋人同士の暗号の類《たぐい》だな」とリーは判断した。「そろそろ出ましょう、とか告げてるんだろう」アラートンが立ち上がり、仕事に行く前に床屋に寄るから、と言った。メアリーとアラートンは去った。リーはバーに一人残された。

モノローグは続いた。「フォン・クラッチィ将軍の下、副官を勤めてた。きつかったね。うるさい人だし。最初の一週間であきらめたよ。士官室まわりでの言いぐさじゃ『老いぼれクラッチィに腋《わき》をさらすな』って。とにかく、もう一晩でもクラッチィには我慢ならなくなったんで、つつましいキャラバンを仕立てて、アブドゥルとずらかった。現地人のアドニスだ。タンハジャロから二十キロも離れたあたりで、アブドゥルは牛疫で倒れて、見殺しにしちまうほかなかった。つらいが、どうしようもなかったんだ。見てくれも完全にいかれちゃってさ、わかるだろ。

ザンベシ河の上流で、歳くったオランダ商人に会った。さんざん値切った挙句に、鎮痛剤《パレゴリック》一樽《ひとだる》で稚児を買った。半分エフェンディー人、半分ルル人。多分、その子がティンブクトゥーあたりまで、もしかするとダカールまでずっと案内してくれるだろうって判断したわけ。でも、そのルル・エフェンディー人、ティンブクトゥーにすら行き着かないうちからすり減りだしたように見えたんで、混じりっけなしのベドウィン・モデルと取っ替えることにした。交配種は外見はよくなるけど、持ちが悪い。ティンブクトゥーで、コーン・ホール・ガスの中古奴隷売り場に行って、下取りで代わりの品を手配してもらったんだ。

ガスは飛び出してきて口上に入る。『おお、サヒーブ・リー！　アラーのお遣わしだ！　旦那のおいどに――じゃなくて、お好みにぴったりの出物がございます。

入荷したて。まだ一番落ちだし、前の持ち主は医者で、週二回・軽く一発タイプの善良なる市民ですな。若くて大人しい。おまけに、話し方が舌ったらず……ご覧《ろう》じろ！』

『このしわがれのよだれ声が舌ったらずだって？　じいさんが淋《さび》しいのいただいたような玉じゃねえか。出直しといで、ガス公』

『お気に召さない？　それは残念。ま、蓼食《たでく》う虫も、って言いますからね。さてこれなるは百パーセント砂漠育ちのベドウィンで、家系は預言者ムハンマドにまでまっすぐ遡《さかのぼ》るってヤツでして。どうです、この風貌！　この誇り！　燃える気性！』

『見てくれの細工は見事なもんだな、ガスよ、でもまだまだだぜ。こいつはアルビノのモンゴロイド白痴じゃねぇか。なあ、ガス公、おまえが相手にしてるのは、ウバンギ上流でも最古参のおかまなんだ、小細工はよせ。テメーの肥だめの底をさらって、この虫食いバザール一のきれいどころを掬《すく》い出してこいって』

『わかったよ、サヒーブ・リー、品質をお望みね、え？　ついてらっしゃい。さあこいつだ。何も言うことはないよ。品質は自らを語るってね。さて、よくお目にかかる安手の客で、品質ものってくせに値札見て目ん玉飛び出させるのがいる。でも、品質は値がはるってのはあんたも承知、こっちも承知だ。ほんとのこと言うと、預言者ムハンマドの一物にかけて、この品質商売はこっちの持ち出しになってる』

『結構。いわく有りげだけど、こいつでなんとかなるだろう。試乗はできるんだろ？』

『リー、お願いですよ、あたしゃ曖昧宿をやってんじゃない。この場所は純粋に物の取り引きだけなんだ。事前のつまみ食いはなし。ライセンスをなくしちまう』

『こちとら最寄りのスークから百キロも離れたとこで、おまえにつかまされたセロテープだの家庭用セメントだのの修復モノと心中する気はないんでね。それに、こいつがナオンだったらどうする』

『サヒーブ・リー！　ここはちゃんとしたところなんだ！』

『一度マラケシュではめられたことがあってな。アビシニアの王子と称して男装趣味のユダヤ・ナオンを押しつけられたんだ』

『ハッ、ハッ、ハッ、面白い冗談をいろいろご存じだね、え？　こうしましょう。今夜は街に泊まってこいつをお試しなさい。朝になっていらないとなれば、一ビアスタ残らず払い戻す。いいでしょ？』

『OK、さて、このルル・エフェンディーにはいくら出せる？　コンディション最高。オーバーホールしたて。燃費はいいし、口もきかない』

『おいおい、リー！　あんたのためなら右のタマでも切り落とそうってくらいのもんだが、おふくろのおまんこにかけて、こいつが嘘だってんならぶっ倒れて硬直して一物が腐れ落ちたっていいけど、この手の混血モノはシャブ中の臓物《ぞうもつ》よりも品物の動きが悪いんですぜ』

『口上はとばせ。いくらだ』

ガスは手を腰に当ててルル・エフェンディーの前に立つ。笑って頭を振る。男の子のまわりを歩く。手をのばして、膝の後ろの小さな静脈瘤気味の血管を指さす。『こいつはなあ』と、なおも笑って首を振りながら言う。またまわりをまわる……『痔持《じも》ちだしね』と首を振る。『なんとも言えんね。ほんとに、あんたにはなんと言えばいいものやら。あーんしな、坊や……歯が二本欠けてる』。ガスは真顔になっていた。低い、考え深そうな、葬儀屋のような口調で話す。

『あんたに隠し事はしないよ、リー。この手の物はもう山ほど抱えてるんだ。こっちとしてはこのブツはうっちゃって、向こうを現金取り引き願えるとありがたい』

『これはどうしろっていうんだ？　道端で行商しろってか？』

『スペアに連れてったらいかが、ハッ、ハッ、……』

『ハ。さあいくらよこせる？』

『そうねぇ……怒んないでよ……二百ピアスタ』ガスはおれの怒りから逃げるように陽気に小走りして、中庭に巨大な砂埃《すなぼこり》をまいあげる」

十八番は唐突に終わって、リーはあたりを見回した。店にはほとんど客がいなかった。自分の勘定を済ませて、夜の中に歩き出していった。

第6章

木曜日、トム・ウェストンに薦められて競馬に行った。ウェストンはアマチュア占星術師で、星回りがいいから、とリーに保証したのだ。リーは五レース負けて、シップ・アホイまでタクシーを拾った。

メアリーとアラートンはペルー人のチェス指しとテーブルに向かっていた。アラートンは、一緒のテーブルに来ないか、とリーを誘った。

「あのインチキポン引き野郎はどこだ」リーはあたりを見回しながら言った。

「トムにガセをつかまされたのか」アラートンが尋ねた。

「やられたよ」

メアリーはペルー人と店を出た。リーは三杯目を空けるとアラートンに向き直った。「近いうちに南米に下ろうかと思ってるんだ。一緒に来ない？　一銭も出さなくていい」

「金はそうかもしれないけど」

「おれ、つきあいづらい男じゃないよ。お互いに満足のいく取り決めはできる。失うものは何もないだろ」

「自立」

「誰がおまえの自立にくちばしをはさむもんか。やりたきゃ南米中の女と寝たらいい。こっちの頼みは、たまにはパパにも優しくしてくれってだけだよ、まあ、週に二回ぐらい。それぐらいなら多すぎやしないだろ、え？　それと、切符は周遊券にしといてやるよ、いつでも勝手なときに帰れるように」

アラートンは肩をすくめた。「考えとくよ。今の仕事があと十日残ってるんだ。仕事が片づいたところではっきり返事するから」

「仕事……」リーはあやうく、「おれが十日分の給料を出すよ」と言うところだった。「わかった」

アラートンの新聞の仕事は一時的なものだったし、どのみち怠け者すぎて職に就けない。だから彼の返事は「ノー」という意味なのだ。リーは、十日で説き伏せられると判断した。「今、無理に返事を要求しないほうがいい」と思った。

アラートンは、新聞社の同僚たちと、モレリアへの三日の旅行を計画していた。彼が発《た》つ前の晩、リーは偏執狂じみた興奮状態にあった。人でいっぱいの騒々しい宴席を設けた。アラートンがメアリーとチェスをする横で、ありったけの騒音を立てた。リーは宴席をわかせ続けたが、一同はなんとなく落ち着かず、どこかよそに行きたいような感じだった。リーはちょっぴりおかしいんじゃないかと思えたのだ。だが、話や振舞いが危ない一線を越えようとするまさにそのとき、リーは自制して何かまったくありきたりなことを言うのだった。

リーは、飛び上がって新来の客を抱きしめた。「リカルド！ 我が友《アミーゴ・ミオ》！ えらい久しぶりだなあ。どこに行ってた。ガキでもこさえてたか。まあケツおろせ、四年の海軍暮らしですり減ってなきゃあね。心配ごとかい、リチャード。女か？ おれんとこに来てくれて嬉《うれ》しいよ、上の階の山師んとこなんか行くもんじゃない」

ここらで、アラートンとメアリーが、しばらく小声で相談してから店を出た。リーは黙って目で二人を追った。「これからは空《から》の客席に向けて芝居するようなもんだ」と思った。ラムをもう一杯オーダーすると、ベンゼドリンを四錠のみこんだ。それから上座に戻ると、マリファナタバコを一本吸った。「さて、お客様のおもてなしといくか」

食器下げの少年がネズミを捕まえて、尻尾《しっぽ》をつまんでぶら下げていた。リーは、ときどき持ち歩いている時代遅れの二二口径リボルバーを引っ張り出した。「そのくそったれを持ってろ、ふっ飛ばしてやる」と、ナポレオンめいたポーズをとって、言った。少年はネズミの尻尾に紐《ひも》を結《ゆ》わえ、腕を目いっぱいのばしてぶら下げた。リーは一メートルの距離から撃った。銃弾はネズミの頭を吹き飛ばした。

「あれ以上近づいたら、ネズミが銃口につかえちまっただろうよ」とリチャード。トム・ウェストンが入ってきた。「おっ、古狸《ふるだぬき》の女衒《ぜげん》さんだ。土星の逆行にケツをはたかれたかい？」とリー。

「ケツをはたいてるのはビール欲しさだよ」とウェストン。

「それはいいところに来た。占い師のわが友にビールを……なんだって？　悪いなあ、旦那」リーはウェストンに向き直って、「バーテンの言うにゃ、ビールを出すには星回りが悪いんだって。ほら、金星がスケベ海王星と六十九宮にしけこんでて、そんな前兆が出てるのにあんたにビールを出すわけにはいかないってさ」リーは阿片のかけらをブラック・コーヒーで流しこんだ。

ホレースが店に入ってきて、リーに冷たい短い会釈をした。リーは駆け寄って抱きしめた。「あたしたち二人だけのことじゃないのよ、ホレース。なぜ二人の愛を隠そうとするの？」

ホレースは腕を突っ張って突き放した。「いいかげんにしろよ、いいかげんに」「ただのメヒコ式抱擁《アブラーソ》だよ、ホレース。地元の習慣さ。ここじゃ誰でもやるこった」

「習慣なんか知るか。とにかくそばに寄るな」

「ホレース！　どうしてそんなに冷たいの？」

ホレースは「いいかげんにしろよ、え？」と言って、店を出た。少しして戻ってくると、店の奥で立ったままビールを飲んでいた。

ウェストンとアルとリチャードがやってきて、リーの横に立った。「おれたちがついてるからな、ビル」とウェストン。「あいつが指一本でもおまえに触れたら、頭にビール瓶叩《たた》きつけてやる」

リーはこの十八番《おはこ》を冗談以上の所にまで発展させたくはなかった。「いやあ、ホレースは大丈夫だよ、たぶん。ただ、おれにも我慢の限度ってもんがあるからね。二年ってもの、あのそっけないあいさつだ。二年ってもの、ローラの店にいっちゃあ見回して――『カマしかいねえな』って通りに出ちゃあビールを飲む。言ったけど、限度があるんだよ」

モレリア旅行から帰ってきたアラートンは、むっつりして苛立《いらだ》っている様子だった。旅行は楽しかったかと訊《き》くと「ああ、まあね」と呟《つぶや》いて、メアリーとチェスをしに向こうの部屋に行ってしまった。身体中を怒りの渦が走るのをリーは感じた。「いつかこの償いをさせてやる」と思った。

リーは、シップ・アホイの権利を半分買うことも考えた。アラートンはシップ・アホイのつけで糊口《ここう》をしのいでいて、四百ペソの払いをためていた。もしリーが酒場を半分所有していれば、アラートンもこっちを無視できなくなる。本当に仕返しがしたいわけではなかった。アラートンと何か特別な関係を維持しなくては、と必死だったのだ。

なんとか触れあいを再確立した。ある午後、リーとアラートンはアル・ハイマンを訪ねていった。黄疸で入院している男だ。帰り道、二人はボトムズアップに寄ってカクテルを飲んだ。

「例の南米旅行はどうする？」リーは唐突に尋ねた。

「まあ、見たことない所を見るのはいいもんだろう」とアラートン。

「いつでも発てるね？」

「いつでも」


翌日、リーは必要なビザや切符を集めだした。「ここでキャンプ用具を買っていったほうがいい。イェージを見つけるのにジャングル探検をしなきゃならないかもしれないからイェージのある所についたら、ヒッピー野郎をめっけて訊けばいい。『どこでイェージをキメられる？』って」

「どこでイェージを探せばいいかどうやって調べる？」

「それはボゴタで調べ出すつもり。ボゴタに住んでるコロンビア人の科学者が、イェージからテレパシンを分離したんだ。その科学者を見つけなくちゃ」

「そいつがしゃべらなかったら？」

「ボリスの手にかかりゃ誰でもしゃべるんだ」

「ボリスってあなた？」

「もちろん違うよ。ボリスはパナマで拾うんだ。バルセロナのアカどもやポーランドのゲシュタポのために大仕事をした男でさ。才能ある。ヤツの仕事にはいつもボリス風のタッチがきいてる。カルいけど、口がうまい。眼鏡のおとなしい小男。会計士みたいなんだ。ブダペストのトルコ風呂で知り合ったんよ」

ブロンドのメキシコ少年が手押し車を押しながら通りすぎた。「うっひゃー！」と、リーは口をあんぐり開けながら言った。「ブロンド頭のメキシコ人だ！　えーっつにそれが珍しいってんじゃないぜ、アラートン。しょせんメキシコ人だもんな。一杯やろう」


数日後に二人はバスで出発し、パナマ市についた頃、アラートンは早くも、リーが自分の欲望を満たそうとして求めすぎる、とこぼすようになっていた。それ以外は、非常にうまくいっていた。今や昼も夜も意中の人物と過ごせるようになって、リーは果てしない空虚と恐れから解放されたように感じていた。それに、アラートンは、常識ある落ち着いた、いい旅仲間だった。

第7章

リーはアラートンに、パナマでのジャングル探検についての赤裸々な記述を朗読しているところだった。「パナマ市を取り巻くジャングルの、危うい泥道の果てにあるこうした小屋では何でもあり……ヘビ、黄熱病やマラリアを運ぶ蚊《か》など、ここで遭遇しそうな危険の中では最も甘いものでしかない。便所にはヤク売人どもが潜み、商品を提供してときにはトイレの個室から飛びだしてきて、こちらの同意も待たずに注射しようとする。ワニだらけの沼は、うかつな訪問者をだれでも跡形もなく飲み込んでしまえる……」

「なら、グズグズしないでさっさと行こうぜ」とアラートン。

タクシー運転手と、そこまで往復二十ドルで話をつけてから、リーとアラートンはトタン屋根の小屋まで行った。小屋の片側の壁沿いにはバーカウンターがあり、テーブルいくつかと、やる気のない中年商売女たちが、客引きしてねだる元気もほとんどない様子だった。トイレに潜んでいる唯一のものは、無愛想で口うるさい番人だけだった……だがタクシー運転手からきわめて良質のクサを買った。そいつはジョーンズという名だった。

ホテルは冷房つきだった。朝食の卵は油まみれで食う気がしない。アラートンは、薬局で処方箋《しょほうせん》なしでも鎮痛剤《パレゴリック》が買えるのを発見した。

似たり寄ったりのバーの一つにあったジュークボックスで、ある曲を見つけた。「オピオ・イ・アネーホ」――「阿片とラム」という曲だ。中国の曲だな、とリーは推察した。それがキイキイ声のファルセットで歌われていたからだ。

「クサでも買おうか?」
「手始めにはそれでいい」
二人はタクシーに乗って大麻を吸った。とても良質のクサだった。これほどのものはリーも初めて吸った。リーはHとCが手に入らないかと尋ねた。
「もちろんよ、なんでも。だが値は張るぜ、な? グラム二十ドル」

リーはお土産屋《みやげや》で財布とパナマ帽を買い、五十ドルのトラベラーズチェックを現金化した。鎮痛剤《パレゴリック》とラムとクサで感覚が麻痺していた。二人はあちこちの酒場やホテルや売春宿をはしごして、ＨとＣを——ヘンリーとチャーリーを手に入れられないか探した。

アラートンは後部座席で寝てしまった。いつもクサをやると寝てしまうのだ。リーは車の中で、ブツを鼻で吸った。それがまともなものかわからなかった。五十ドルが消えた。

翌日、リーは言った。「一八七三年に、ローマ法王は無原罪の宿りについてはこれ以上議論はしないと言うに等しい勅書を出したんだ。あの五十ドルについて、おれも類似の勅書を出すぜ」

第8章

パナマからキトーへは空路をとった。雲の上に出るにも苦労するような小さな飛行機だった。客室乗務員が酸素をいれた。リーは酸素のホースを嗅いだ。「切れてやがる！」といまいましげに彼は言った。

風の強い、寒い夕暮れにキトーに乗りこんだ。ホテルは百年前の建物のようだ。部屋は黒い梁《はり》の高い天井で、白い漆喰《しっくい》の壁だった。二人はふるえながらベッドに腰をおろした。リーはそろそろヤクが切れかけていた。

二人は中央広場を歩きまわった。リーは薬局を見つけたが、処方箋《しょほうせん》がないと鎮痛剤《パレゴリック》は駄目だった。高山からの冷たい風が、汚い通りにゴミくずを吹き散らしていた。人々は陰気に黙りこくって通りすぎていく。多くは毛布を顔に巻きつけていた。古い麻袋のような汚い毛布にくるまった、見るも不気味な性悪婆が教会の壁に沿って列をなしていた。

「さて坊や、おれはきみが出会うようなそこらの市民とは違うんだ、ということを理解してほしいな。中には、女なんて最低だ式の十八番《おはこ》を唱えるやつもいるだろう。おれはそんなんじゃない。あそこのセニョリータから好きなのを選んで、ひょいとホテルに連れてきたらいい」

アラートンはリーを見た。「今夜は抱かれてもいいよ」

「そうかい」とリー。「遠慮いらんよ。この掃きだめにゃあ、避妊具なんてものはそうそうないけど、若いもんがそれくらいでびびっちゃいけないな。フランク・ハリスだっけ、三十になるまでブスに会ったことがないって言ったのは。実はこいつは……ホテルに戻って一杯やろうや」

ホテルのバーには風が吹き込んでいた。オーク材の椅子《いす》でシートは黒の革張り。二人はマティーニを頼んだ。隣のテーブルでは、赤ら顔のアメリカ人が、茶色のガバジンのスーツを着て、八千ヘクタールの取り引き話をしていた。リーから見て向かいの側はエクアドル人で、長い鼻、頬骨のところは両方とも赤丸、ヨーロッパカットの黒いスーツを着ている。コーヒーを飲み、甘いケーキを食べていた。

リーはカクテルを数種類飲んだ。気分はどんどん目に見えて悪くなっていった。

アラートンが言った。「マリファナでも吸ったら？　少しはよくなるかもよ」

「いい考えだ。部屋に上がろう」

リーは大麻を一本バルコニーで吸った。「うわっ、バルコニーに出ると寒いぜ」

と、部屋に戻りながら彼は言った。

「『……そしてその美しく古い植民都市キトーに夕闇が落ちて、涼しい風がアンデスからそっと下りてくる頃、さわやかな晩の街に出て、中央広場を見下ろす十六世紀の教会の壁沿いに色とりどりの民族衣装を着てすわっている、美しいセニョリータたちを見にいくのもよいでしょう……』これを書いたやつはクビになったよ。たかが観光パンフといえども、ものには限度ってもんがあるんだ。

チベットもおおよそこんな感じだろうな。高いところで、寒くて、醜い人間だのリャマだのヤクだので溢《あふ》れててさ。ヤクの乳で朝飯、ヤクのヨーグルトが昼飯、晩はヤクのバターで煮たヤクの肉。ヤクにしてもいい面《つら》の皮だ、おれにいわせりゃね。あの手の聖者たちってやつは、晴れた日には二十キロ風下でも匂う。すわったっきり、転経器をいじくってんだ、不潔に。きたねえズタ袋にくるまって、首が突き出してる穴のあたりをシラミが這《は》いまわってんの。鼻はすっかり腐れ落ちて、コブラみたいに鼻の穴から鼻クソ飛ばす……お決まりの東洋の叡智《えいち》って感じで。

で、そういう聖者ってのがいて、スベタのレポーターかなんかがインタビューに来る。聖者は鼻クソをクチュクチュやりながらすわってる。しばらくして信奉者に言うんだ。『聖なる泉へいって鎮痛剤《パレゴリック》をひしゃくですくってくるのじゃ。わしは東洋の叡智としけこむぞ。てめえの身銭をしぼり出してでも買ってこい！』で、PG飲んで、軽いトランスに入って宇宙と交信をする――その筋じゃ居眠りするって言うがね。レポーターが訊《き》く、『ソ連と戦争は起きるでしょうか、マハトマ？　共産主義は文明世界を破壊してしまうでしょうか？　魂は不滅ですか？　神は実在しますか？』

マハトマは目をあけると唇を引き締めて、鼻の穴から長い赤い鼻汁を二すじ吹き出す。口のほうにたれ落ちてくると、長いきたねえべろで舐《な》め取って、こう言う。『そんなもん知るわけねえだろが』。信奉者が割り込んで、『聞いたでしょう。終わりです。スワミはお一人でモク想なさりたいんです』って。考えてみりゃ、それこそまさに東洋の叡智だよな。西洋人はなんか秘密が見つかるだろうって思ってる。東洋は、『そんなの知るわけねえだろが』」

その夜、リーは流刑地にいる夢を見た。岩肌むきだしの高山に囲まれている。決して暖かくならない下宿屋に住んでいた。散歩に出かけた。街角から薄汚れた石敷の通りに踏み出すと、冷たい山風が吹きつけてきた。皮ジャンのベルトを締め直したが、圧倒的な絶望の冷気が染み入ってきた。

リーは目を覚ましてアラートンを呼んだ。「まだ起きてる、ジーン？」

「ああ」

「寒い？」

「ああ」

「そっちに行っていい？」

「やれやれ、まあいいよ」

リーはアラートンとベッドに入った。寒さとヤク切れでふるえていた。

「身体中ひきつってるね」アラートンが言った。リーは身体を押しつけて、禁断症状特有の青臭い欲望に身悶えした。

「うひゃーっ、冷たい手」

アラートンは眠りに落ち、寝返りをうってリーの身体の上に脚を投げ出した。目を覚まして離れてしまわないように、リーはじっと動かなかった。


翌日、リーはとことん気分が悪かった。二人でキトーの街中をうろついた。キトーを見れば見るほど、リーは落ちこんでいった。街は山がちで、通りが狭い。アラートンは急カーブで車道に飛び出し、車にひっかけられそうになった。「無事でよかったよ」とリー。「この街で足止めくらうのは願い下げだもんな」

小さなコーヒーハウスで休んだ。ドイツ人亡命者がたむろして、ビザやその期間延長や就業許可の話をしていた。二人は隣のテーブルの男と口をきくことになった。男は痩せたブロンドで、こめかみのところで頭が落ち窪んでいた。冷たい高山の陽射しが男の弱々しい荒れた顔一面にあたり、傷だらけの樫《かし》のテーブルからすりきれた木の床へとこぼれていた。光に照らされ、男の顔に脈打つ青筋が見えた。キトーが好きかどうか尋ねた。

「生きるべきか死すべきか、それが問題だ。ぜいたくは言えんね」

二人はコーヒーハウスを出て、小さな公園まで坂道を上がった。木々は風と冷気に凍えていた。少年たちが小さな池の中で、ぐるぐる、ぐるぐるとボートを漕いでいた。眺めているリーは、欲望と好奇心に張り裂けそうだった。逆上して身体や部屋や戸棚の中を探し回っている自分の姿が目に浮かんだ。幾度となく見た夢だ。探した挙句に空っぽの部屋に出るのだ。寒風の中でリーは身震いした。

アラートンが言った。「コーヒーショップのドイツ人たちに訊いて、誰か医者を紹介してもらえば？」

「そりゃいい考えだ」


医者は、静かな脇道にある黄色いスタッコ仕上げの家に住んでいた。ユダヤ人で、のっぺりした赤ら顔をしており、英語がうまかった。リーは、赤痢《せきり》の十八番を使った。医者は少し質問して、処方箋を書き始めた。リーが言った。「一番効く処方はビスマス入りの鎮痛剤《パレゴリック》なんです」

医者は笑った。じいっとリーを見つめた。とうとう言った。「さあ、正直に答えて」人さし指を立ててにっこりした。「阿片類に中毒しているのかね。言ったほうが自分のためだよ。そうしてもらわんとこっちも助けようがない」

　リーは答えた。「そうなんです」

「なるほどね」と、医者は書きかけの処方箋を丸めて、クズかごに落とした。リーに、中毒がどのくらい続いているのか尋ねた。リーを見つめながらかぶりをふった。「なあ、あんたはまだ若い。クスリはやめることだよ。さもないと一生棒にふる。今は苦しくても、クスリなんか続けるよりずっといい」人情味たっぷり、リーをじっと見る。

「やれやれ、この渡世ってのは、こんなのとナシつけなきゃいけねえんだもんな」とリーは思ったが、うなずいてこう言った。「おっしゃるとおりです、先生。自分でもやめたいとは思ってるんです。でも、これじゃ眠れないんですよ。明日は海岸に行くつもりなんです、マンタに」

　医者はにっこりして椅子に深く身を沈めた。「クスリはやめることだよ」またさっきの十八番を繰り返した。リーは曖昧にうなずいた。やっと医者は処方箋用紙に手を伸ばした。阿片チンキ三cc。

薬局は阿片チンキのかわりに鎮痛剤《パレゴリック》をくれた。ＰＧ三cc。茶さじ一杯分以下。ないも同然。リーは抗ヒスタミン錠剤を一瓶買って、一握り分飲んだ。少しは効くようだった。

リーとアラートンは、飛行機で翌日マンタに向かった。

マンタのホテル・コンチネンタルは、割り竹と粗木板でできていた。リーは自分たちの部屋に節穴を見つけて、紙をつめた。「変な評判がたって、国外退去になるのは御免だからな」とアラートンに向かって言った。「おれ、ちょっとヤク切れ気味だろ、な、それでほぉーんとにその気になっちゃってるんだ。お隣さんが少々面白い光景を目撃するかも知れないだろ」

「契約条項違反のかどで苦情を申し立てたいな。週に二度って言ったぞ」とアラートン。

「たしかにそうだ。まあ、もちろんあの契約は相当程度に弾力的なものだとも言えるんだけど。でも、きみの言うとおりだ。週二回でしたな、我が殿。もちろんそれ以外でも、股間が熱くなってきたら、ためらわずに報せてくれたまえ」

「すぐ電話するよ」

ここの水は合った。リーは冷たい水が我慢できないのだ。飛び込んでもショックはなかった。二人で一時間かそこら泳いで、それから浜辺にすわって海を眺めた。アラートンはまったく何一つせずに、何時間もすわったままでいることができる。彼は言った。「あそこに出てるボートは、この一時間ほどずっとウォーム・アップ中だなあ」

「街に行ってここの酒屋《ボデガス》でもあさって、コニャックでも買ってくるよ」とリーは告げた。

街は古ぼけて見えた。石灰石の通り、水夫や港湾労働者でごった返す汚いサロン。靴磨きの少年が、「いいコ」いらないか、と尋ねた。リーは少年を見て、英語でこう答えた。「いいや、それにおまえもいらないや」

トルコ人の商店でコニャックを一瓶買った。店にはなんでもあった。船具に工具、銃、食料、酒。リーは銃の値を尋ねた。30－30レバーアクションのウィンチェスター・カービン銃が三百ドル。合衆国でなら七十二ドルで売っているやつだ。トルコ人に言わせると、銃は関税が高いのだそうだ。だからこんな値段になる。

浜辺沿いに歩いて帰った。家はどれも割り竹を木枠にはめたもので、四隅の柱は直接地面に掘っ建っている。一番簡単な家の建設方式だ。重い柱を四本、深く地面に埋めて立て、その柱に家を釘で打ちつければいい。床は地面からおよそ二メートル持ち上げてある。通りは泥沼だった。無数のハゲタカどもが、屋根にとまったり、通りをうろついたりしては肉くずをつっついていた。一羽蹴りつけてやると、憤慨したようなわめき声を立てながら、羽ばたいて逃げた。

バーの横を通った。地面にじかに建っている大きな建物だった。入って一杯やっていくことにした。竹編みの壁が喧噪《けんそう》でゆれていた。中年のがりがりの小男が二人、向かい合って卑猥《ひわい》なマンボ・ダンスの十八番をやっていて、歯の抜けた笑いで皮めいた顔をしわだらけにしていた。ウェイターがやってきて、リーににっこりしてみせた。彼も前歯が全部なかった。リーは短い木のベンチに腰かけて、コニャックを注文した。

十六かそこらの少年がやってきてリーと一緒にすわり、あけっぴろげで人なつっこい笑みを浮かべた。リーも微笑《ほほえ》みかえして、飲み物《レフレスコ》をおごってやった。少年は飲物の礼に、リーの太股に手を置いて握りしめた。歯並びが悪くて、それぞれが別の歯に覆いかぶさっていたが、ともかく若い少年ではあった。リーは彼を見つめながら考えこんだ。この子はコナかけてるんだろうか、それともただ人なつっこいだけなのか？　ラテン・アメリカ諸国の人々が、肉体的な触れあいにうるさくないのは知っていた。男同士がお互いの首に手を回して歩きまわっている。リーはクールにいくことにした。ドリンクを飲みほすと、少年と握手してホテルに歩いて帰った。

アラートンはまだポーチにすわっており、水泳パンツと黄色の半袖シャツが細い身体のまわりで夕風にはためいていた。リーは厨房に入っていくと、氷と水とグラスを二つ頼んだ。アラートンに、トルコ人と街と少年の話を聞かせた。「夕飯のあとであのバーを攻めてみようぜ」

「で、その若い連中に触りまくられろっての？」とアラートン。「ぼくは御免だ」

リーは笑った。驚くほど気分がよかった。抗ヒスタミン剤で禁断症状はかすかな不快感にまで抑えられ、それすら意識していなければ気づきもしない程度のものだった。沈む夕日に赤く染まった湾を見渡す。いろいろな大きさの船が湾に錨《いかり》をおろしていた。船を買って、沿岸を往《い》ったり来たり帆走したいと思った。アラートンもその思いつきが気に入った。船が夕暮れに停泊しているところが目に浮かんだ。ジーンとクサを吸い、船室の寝台で彼の隣にすわっている。ジーンの肩に腕をまわしていた。二人ともトランクスの水着姿だ。海はガラスのように凪《な》いでいた。水面が揺れて一匹の魚が上がってくるのが見えた。アラートンの膝に頭をのせた。穏やかで幸せな気分だった。人生でこんなふうに感じたことはなかった。あっても幼い子どもの頃以来だ。思い出せない。子ども時代の苦々しいショックが、幸せだった時代の記憶を塗りつぶしてしまったのだ。

「エクアドルにいる間にイェージのあたりをつけないと」とリー。「考えても見ろよ。思考コントロールだ。誰でもバラして好みにあわせて組み立て直せる。誰かのなんかが気に食わなかったら、『イェージよ！　あの十八番をやつの頭からきれいさっぱり消しちまえ』ってなもんだ。おまえの改良点もいくつか考えてあるんだぜ、お人形さん」リーはアラートンを見て唇を舐めた。「ほんのちょっと変えるだけでずっといい子になれるよ。今だってもちろんいい子ではあるけど、でも気になるところがあって、いらつくんだよな。つまりさ、いつも必ずしもこっちの希望どおりに動いてはくれないだろ」

「それって全然眉つばものじゃないの、ほんとは？」アラートンが尋ねた。

「ロシア人はそうは考えていないようだぜ。イェージは自白剤として有効だそうだし。連中、ペヨーテも使ったんだ。やったことある？」

「いや」

「ひでえ代物《しろもの》。気持ち悪くて死んじまいたくなったよ。のどまで来てるのに吐けねえの。あのアスパラグラスってのか、なんだか知らないけどあれがキリキリ痙攣《けいれん》するだけ。やっとペヨーテが上がってくるのが、固くて毛玉みたいに固まってて、ずっと固体で上がってきて、のどにつまるんだ。これまでぐってきた中でも最低の感じ。ハイになると面白いけど、あの苦しさに見合うもんじゃない。顔が目のまわりではれて、唇もはれて、見てくれも気分もインディオみたいになる、というか、インディオってのはこんな気分だろうって思うような気分になる。原始的な、って言やいいかな。色はずっと強烈だけど、どっか平らで二次元的。何もかもがペヨーテの植物に見えてくる。奥底に悪夢が流れてるんだ。

　やったあと、悪夢をたくさん見たよ。次から次から、眠るたんびに。ある夢では、狂犬病にかかって、鏡を見たら顔も変わってて、おれは吠えだすんだ。別の夢では葉緑素に病みつきになってた。おれのほかに五人の葉緑素中毒が注射を待ってる。緑色に変わっちゃって、葉緑素がやめられないの。一発射ったら一生はまっちゃう。植物に変身しちゃうんだ。精神分析は知ってる？　分裂病とか？」

「いや、さほどは」

「分裂病の症例で、自動服従って現象が起きることがある。こっちが『舌を出せ』って言うと、どうしても舌を出さずにはいられなくなるんだ。おれや、ほかの誰がどんなことを言っても、それに従わなきゃならない。わかる？　素晴しいだろ、え、こっちが命令を出して、あっちに自動服従してもらうかぎりは。命令に対する自動服従、人工分裂病の大量生産。これがロシアの夢で、アメリカもさほど遅れをとっちゃいない。どっちの官僚も同じものを求めてるんだ、コントロール。コントロール中枢、超自我が、癌化して暴れ出してるんだ。たまたま、分裂病とテレパシーには関係がある。分裂病のやつって、テレパシーに対してはものすごく敏感だけど、絶対に受け手にしかなれないんだ。コネが見えた？」

「でも、イェージがあっても、どれがそうだか見分けがつかないだろ」

リーは少し考えた。「不愉快ながら、そのとおりだな。キトーに引き返して、あそこの植物研究所で植物学者と相談するしかない」

「キトーに引き返すのは絶対に御免だよ」

「すぐ行くわけじゃない。休みがいるし、おれもペイ中にとことんケリつけたいし。おまえは来なくていいよ。浜辺にいろ。パパが行って、ネタを仕入れてきてやる」

第9章

マンタから続けてグアヤキルに飛んだ。陸路は洪水だったので、飛行機か船以外には行きようがなかった。

グアヤキルは川沿いに伸びる、公園や広場や銅像だらけの街だ。公園は、熱帯樹木と茂みと蔦《つた》でいっぱいだ。傘のように広がって高さと同じくらい幅のある木が、石のベンチに陰を作っている。人間はやたらとすわっている。

ある日、リーは早起きして市場に出かけた。混んでいた。奇妙に混ざりあった人々。黒人、中国人、インディオ、ヨーロッパ人、アラブ人、分類し難い者。中国人と黒人種の混血の美しい少年たちを見かけた。細身で優雅、美しい白い歯。脚の萎えたせむしが粗末な竹のパンフルートを吹いて、高山の哀しみをこめた哀切な東洋音楽を演奏していた。深い哀しみに感傷のはいりこむ余地はない。それは山のように突きつめられたものだ。事実は事実。ほかにどうしようもない。それ以上、何も言うことはない。

人々はその音楽家のまわりにたかって、数分耳を傾けると、また歩き出す。リーの見た若者は、小さな顔の皮膚がかたく張りつめていて、まさに干し首のようだった。体重も四十キロは絶対になさそうだ。

音楽家はしばしば咳《せ》きこんだ。一度、背中のこぶに触られると、虫歯だらけの黒い歯をむき出してうなった。リーはコインを数枚やった。歩き続け、すれちがう顔を全部眺め、戸口を覗《のぞ》き、安ホテルの窓を見上げた。淡いピンクに塗られた鉄のベッド枠、干したシャツ……生のかけら。リーは餓えたようにそれらをねめつけた。獲物からガラスの壁でさえぎられた肉食魚のように。悪夢の中で自分の夢を探し、ガラスに鼻を突っ込まずにはいられなかった。そして気がつくと、午後の陽射しの中で埃《ほこり》っぽい部屋に立っていて、手には古靴が片方だけあった。

この街は、エクアドルはどこでもそうだが、変にまごついた印象をもたらした。何かが起きているような、自分には見えない生の底流があるような感じがした。ここは古代のチムー土器の、リーの淫夢の土地で、塩入れや水がめが口にも出せぬほど猥褻《わいせつ》なのだ。四つんばいになって男色にふける男二人が台所の鍋ふたの取っ手になっていたりする。

限界がないとどうなる？ 「すべてが許される地」の運命は？ 巨大ムカデに変身する人々……家屋を取り囲むムカデ……男が長椅子《ながいす》に縛りつけられ、三メートルもあるムカデがその上に身を乗り出している。これは写実なのだろうか。見るも恐ろしい変身が本当に起こったのだろうか。ムカデのシンボルの意味は？

リーはバスに乗って、終点まで行った。乗りかえる。そして川に出てソーダを飲み、汚い川で少年たちが泳ぐのを眺めた。川の緑褐色の水からは名もない怪獣でも現れそうだった。川の向こう岸を、六十センチのトカゲがかけ上るのが見えた。

街に向かって歩いて戻った。街角で少年の一団とすれちがった。その一人はあまりに美しくて、そのイメージは針金の鞭《むち》のようにリーの五感に切りつけた。思わず、軽い苦痛の声が唇から漏れた。通りの名を見るようにしてふりかえった。少年は何かの冗談で笑っていた。かん高い、しあわせそうで陽気な笑いだった。リーは歩き続けた。

六、七人の少年、歳は十二から十四くらいの子たちが、水辺のゴミの山で遊んでいた。一人が柱に小便をかけて、ほかの仲間に笑いかけていた。少年たちはリーに気がついた。それから遊びは、嘲《あざけ》りをこめた露骨に淫らなものとなった。こちらを見ては囁《ささや》きあって笑う。リーはあからさまに見つめた。冷徹な、むきだしの欲情をこめた凝視。かぎりない欲望の引き裂くような痛みが身体を走った。

一人の少年に焦点をあわせた。彼の像だけがくっきりと鮮明に、望遠鏡を通して見るように浮かび上がり、ほかの少年や水辺は溶暗する。少年は若い獣のように生命にふるえた。大きく笑って鋭く白い歯が見えた。破れたシャツの下に細い身体がかいま見えた。自分が少年の中に入るのが感じられた。記憶の断片……日干しのカカオ豆の香り、竹製長屋、暖かく汚い川、街の外縁の沼やゴミの山。

他の少年たちと一緒に、廃屋の石の床にすわっている。屋根はなかった。石壁は崩れかけていた。雑草や蔦が壁に生い茂り、床にのびていた。少年たちは破れたズボンを下ろしている。リーも痩せた尻をあげてズボンを滑りおろす。石の床を感じる。ズボンを足首までおろした。きつく閉じた膝を開かせようとほかの少年たちが引っ張っている。力を抜き、膝が開く。リーは仲間を見て微笑《ほほえ》み、腹に手を滑らせる。立っていたもう一人の少年がズボンを落とし、勃起した性器を見ながら腰に手を当ててそこに立ちつくす。

一人の少年がリーの横にすわり、股間に手をのばしてきた。暑い太陽の下、オーガズムで目の前が真暗になる。身体をのばして、腕を目の上に投げ出す。別の少年が腹の上に頭を横たえる。その頭の暖かみと、髪が腹に触ってチクチクするのを感じた。

今度は竹製長屋にいた。灯油ランプが女の身体を照らしている。リーはもう一人の身体を通して、女への欲望を感じた。「おれはおかまじゃない。幽体離脱しているんだ」

リーは歩き続け、考えた。「どうしようか。連中をホテルに連れて帰るかな。むこうは十分その気だ。二、三スクーレで……」こっちのやりたいことの邪魔をする、馬鹿な普通の不愉快な連中に、殺したいほどの憎悪を覚えた。「いつか思いどおりのことをやってやる」リーは自分に言い聞かせた。「どっかの道徳家面《づら》したうすら馬鹿がごたくを並べやがったら、そいつは川から釣り上げて追い出されるんだ」

リーの計画には川がからんでいた。川の上で暮らして、好きなように事をはこぶのだ。自前のマリファナやケシやコカインを栽培して、若い現地人の少年を多目的召使いにする。唇を舐《な》め、周囲を見回した。波止場はごった返し、汚かった。汚い川にはあらゆる型の船が係留されていた。ホテイアオイが大量に漂っている。川幅は優に八百メートルあった。

歩く途中で小さな公園に寄った。ボリバルの像があった。リーに言わせれば「解放キチガイ」だ。誰かと握手をかわしている。その二人とも疲れてうんざりしていてうずうずするほどおかまっぽく見えて、あんまりおかまっぽくてこっちがうずうずしてくるほどだ。像は半円形の石の台座に乗っていた。街の方を向いている。反対側に石のベンチが川の方を向いていた。リーは立ったまま像を眺めていた。それから川に面した石のベンチにすわった。すわるとき、みんながこっちを見た。リーは見かえした。アメリカ的な、知らない人と目をあわせるのをいやがるような気持ちはリーにはなかった。他の連中は目をそらして、タバコに火をつけ、もとの会話に戻った。

リーはそこにすわって汚い黄色の川を眺めていた。水面から一センチ下も見えない。ときどき、船のへさきで小魚がはねた。中空マストで美しい型の、瀟洒《しょうしゃ》な値の張る帆船がヨット・クラブから来ていた。船外モーターと竹の船室を備えた丸木のカヌーもあった。古い錆《さび》だらけの戦艦が二隻、川の真ん中に係留されていた。エクアドル海軍だ。まる一時間もそこにすわっていたあと、立ち上がってホテルに歩いて帰った。二人が滞在しているペンションは、目抜き通りの灰色の木造建物で、鉄製バルコニーがある。

三時だ。アラートンはまだベッドの中にいた。リーはベッドの端に腰をおろした。

「もう三時だぜ、ジーン。起きろよ」

「なんで」

「おまえ、一生寝たきりでいるつもりか？　外に出て一緒に街をあさろう。水辺ですごい美少年にお目にかかったんだ。全然、手つかず。歯もすごい、笑顔もすごい。生命にふるえる若者」

「もう結構。よだれをふきな」

「おれがあいつらの何を求めてるかわかるか、ジーン。わかるか？」

「いいや」

「男らしさだよ、当然。おれにだってある。自分だって、人に求めるのと同じようでありたいもん。だけど、おれは幽体離脱しちまってる。なぜか自分の身体が使えないんだ」リーは手をのばした。アラートンはびくっとして身をひいた。

「どうした」

「肋《あばら》を撫《な》でにくるんじゃないかと思って」

「そんなことしないよ。おかまかなんかと思ってんじゃないの」

「はっきりいって、そうだ」

「たしかにいい肋してるよな。折れたやつを見せてくれよ。そこのそれ？」リーは半ばまでアラートンの肋骨《ろっこつ》を撫で下ろした。「もっと下？」

「ちっ、あっち行けよ」

「でもジーン……今日はいいはずだろ？」

「ああ、そういうことになってたな」

「もちろん、夜まで取っておきたいんならね。トロピカル・ナイトってやつは、ほんとにロマンチックなんだ。そうすれば十二時間かけてまっとうにいたせるけど」

リーはアラートンの腹に手を走らせた。アラートンが少し興奮してきたのが見えた。

アラートンは言った。「今のほうがいいかも。一人で寝るのが好きなのは知ってるだろ」

「うん、知ってる。残念。おれの好きにさせてくれたら、交尾するガラガラへびみたいにしっかりからみあって毎晩寝るのに」

リーは服を脱ぎ始めていた。アラートンの横に寝た。「おれたち、ひとちゅのおっきなみじゅたまりになって溶け合えたらしゅてきでしゅねー」と赤ちゃん言葉で言った。「気持ち悪い?」

「当然」

アラートンの反応はいつになく強烈でリーを驚かせた。クライマックスで、リーの胸をきつく抱きしめた。そして深いため息をつくと目を閉じた。

リーは親指で彼の眉を撫でつけた。「いやかい?」

「それほどでも」

「だけど、すこしは楽しんでるんだろ? つまり、あれ全部をさ」

「ああ、うん」

リーはあおむけになって頰をアラートンの肩に寄せ、眠りについた。

食べ物は最低だったが、食事なしの部屋も三食つきのフル料金とほとんど同じ値段だった。一度、ランチを試してみた。ライス一皿。ソースもかかっていないし、他に何もついていない。「おれ、傷つくなあ」とアラートン。味のないスープに、柔らかい白木にしか見えない繊維質の物質が浮いているもの。メインコースは得体の知れない肉で、なんの肉だかもわからず食えたものではなかった。「コックの顔を見てみたいよ。こんなものをこしらえるのはいったいどんな奴なんだか」「コックが厨房にバリケードを作って閉じこもってる。覗き穴からこのクズを差し出してるんだ」とリー。食事はたしかにドアの覗き穴を通して出てくる。穴の後ろは煙の立ちこめた暗い部屋で、そこでどうやら調理されているらしい。

リーはグアヤキルを発《た》つ前にパスポートを申請することにした。大使館を訪れるために着替えながら、アラートンに話しかけていた。「厚底の靴をはくのは避けたほうがいい。どうせ領事官はエレガントなにやけ面《づら》だろ……『ねえきみ、信じられるかね。厚底だよ。それも、本物の昔のボタン編み上げの靴。とにかくあの靴にどうしても目が行ってしまってね。彼がなんの用で来たんだかまったく覚えていないんだよ』

今、官庁がおかま追放をやってるんだって。そんなことをしたら、人手不足で回りやしないってのに……おっ、あったあった」リーは平たい靴をはくところだった。「領事官にずばっと歩み寄って、食うものがないから金をくれってはっきり言ったらどうなるかな。死んだ魚を机にほうり出されたみたいにのけぞって、香水をふったハンカチを口に当ててるんだろうな。『一文なし、とな？　そんな嘔吐《おうと》をもよおす打ち明け話をするのに、なぜ私のところにおいでになるのかまったく解せませんな。いささかなりとも頭を使っていただきたい。この手の出来事がいかに不愉快なものかおわかりか。きみには誇りというものがないのかね？』」

リーはアラートンのほうに向き直った。「これでどうだい。あんまりきめすぎるのもな、パンツにかぶりつかれても困るし。お、ま、えが行ったほうがいいかもしれん。そうすりゃ明日にはパスポートが手に入る」

「どうだいこれ」リーはグアヤキルの新聞を読んで聞かせた。「サリナスの結核対策会議で、ペルーの代表団が会合に出るときに、一九三九年戦争でペルーに編入された旧エクアドル領のでかい地図を持ってきたんだって。エクアドルの医者も、ペルー兵の干し首を時計の鎖にぶら下げて会合に出ればいいのに」

アラートンは、英雄的な戦闘を成し遂げた、エクアドルの海の狼についての記事を見つけた。

「エクアドルのなんだって？」

「だってそう書いてある。ロボス・デル・マール。なんでも、将校の一人が、銃が壊れてしまったあとも自分の銃座を死守したとか」

「ただの馬鹿としか思えないけど」


ラス・プラヤスで船を探すことにした。ラス・プラヤスは寒かった。水も流れが激しくて濁った、陰鬱な中流リゾート地だった。

翌日にはサリナスに発つことに決めた。その夜、リーはアラートンと寝たがったが拒まれた。翌朝になってリーは、前回からこんなにすぐに要求したのは契約違反だし、悪かったと謝った。

「朝飯の席で謝るやつは嫌いなんだ」とアラートンは言った。

「おいジーン、それは人の弱みにつけこみすぎなんじゃないか？　ヤク切れのやつを前にして麻薬をやらないのが言うようなもんだろ。こんなふうにさ。『ヤク切れか、なるほどね。そういう見苦しい状態をなぜぼくに話したりするのかまったく解せませんな。同じヤク切れにしても、他人には黙っておくだけの慎みが欲しいものだな。ぼくは不健康な連中が大嫌いでね。そうやってくしゃみしたりあくびしたり身悶えしたりするのを見せられるのがどんなに不愉快なものかおわかりかな？　ぼくの目の届かない場所に行ってもらいたいもんだね。自分がいかに退屈で見苦しいか、想像もつくまいよ。きみには誇りというものがないのかね？』」

「そりゃあんまりだ」とアラートン。

「あんまりにしたんだからな。慰みものの十八番《おはこ》だよ、幾分の真実を含んでる。急げ、はやいとこ朝飯を食っちまえ。サリナス行きのバスに遅れちまう」


サリナスは上流階級のリゾートらしく、静かで堂々とした雰囲気を持っていた。二人が来たのはオフシーズンだった。泳ぎにいくと、なぜ今がシーズンでないかがわかった。フンボルト海流のせいで夏の間は水が冷たいのだ。アラートンは足を水につけて、「冷たいだけだよ」と水に入るのを拒否した。リーはとびこんで数分ほど泳いだ。

サリナスでは時が加速しているように思えた。昼食を食べて浜辺に寝そべる。そして一時間か、せいぜい二時間ほどたったかな、と思ってみると、日が傾いている。もう六時。アラートンも同じ経験を報告した。

リーはイェージの情報を得るためキトーに出かけた。アラートンはサリナスに残った。リーは五日後に戻った。

「インディオはイェージのことをアヤウアスカとも呼んでいる。学名は *Banisteria caapi*」リーはベッドに地図を広げた。「アンデス山脈のアマゾン側の高地ジャングルに分布。おれたちはプヨに向かう。そこが旅路の果てだ。そこでなら、インディオとわたりをつけられるやつが誰か見つかるはずだ。そしてイェージを手に入れる」

グアヤキルで一晩過ごした。リーは夕食前に呑《の》んだくれて、映画の間ずっと寝ていた。二人はホテルに帰って寝て、翌日はやく出発することにした。リーはブランデーを注いで、アラートンのベッドの端に腰をおろした。「今夜はかわいいぜ」眼鏡をはずしながら言った。「ちょっとキスしてくれよ、な」

「ちっ、あっち行けよ」

「わかったよ、坊や。そうおっしゃるなら。時間はたっぷりあるんだ」リーはグラスにさらにブランデーを注ぐと、自分のベッドに横になった。

「なあジーン、このへんぴな国にいるのは貧乏人だけじゃないんだぜ。金持ちだっているんだ。キトーまでの電車の途中で見かけたよ。たぶん裏庭に飛行機をつないであるんだろうな。目に浮かぶぜ、飛行機にテレビだのラジオだのゴルフ・クラブだのテニス・ラケットだのショットガンだのを積み込んでるのがさ。おまけにそのがらくたに加えて、入賞もんのブラマ牛までけり込もうとするもんで、結局は重すぎて離陸できないの。

　小さくて、不安定で遅れた国なんだ。経済的な仕組みってのが思ってたとおりなの。原材料は、木材、食品、労働力、地代とか、なんでもすごく安いんだ。加工品は、関税のせいでなんでもすごく高い。関税ってのは、エクアドルの産業を保護することになってんだけど、エクアドルの産業なんてありゃしない。ここじゃ何も作ってないんだ。作れるやつも何も作ろうとしない。なぜって、こんなところに金を縛りつけられたくないからさ。すぐにでも引き上げられるように、手の切れそうな札束、それもできれば米ドルを持っていたいんだ。みんな、必要以上にびくびくしてるんだ。金持ちって概して怯《おび》えてる。なんでかな。たぶん罪の意識となんか関係あるんだろうな。知ったことか《キエン・サベ》？ 余はカエサルの精神分析を行なわんとして参ったに非《あら》ず、むしろその人となりを守ってやりにきたんだ。もちろん、値段次第だけど。ここに必要なのは公安委員会だよ。掃きだめの連中を押さえつけとくのに」

「そうとも」とアラートン。「世論の画一性を維持するんだ」

「世論だって！ 討論クラブか何か始めるつもりかよ。おれに一年くれりゃ国民が世論なんぞを持たないようにしてやる。『さて諸君、整列してくれたまえ、素敵なおいしい魚の頭のシチューと飯とマーガリンの配給だ。それからこっちで無料の阿片入りどぶろくだよ』。で、やつらが列を乱したら、どぶろくからヤクを抜いてやれば、みんなぶったおれて動く元気もなくなって、ズボンの中でクソをもらしちまう。食う中毒ってのがいちばん始末の悪い中毒だからな。別の切り口はマラリアだ。衰弱性の疫病を仕立てて、革命精神に水をさすんだ」

リーはニヤリと笑った。「人道主義者の老いぼれドイツ人の医者がいるとするだろ。おれがこう言う。『いよお、センセイ、ここのマラリア退治はすごいじゃねえか。病気をほとんど根絶しちまっただろう』

『アハ、さよう。何事も最善をつくしますからな。このグラフの線をご覧なさい。過去十年、我々が治療計画を開始して以来の、この病の減少を示しておるわけですな』

『そうかい、センセイ。さて、ここで一つ、その線を元のところまで戻してもらいてえんだがな』

『アハ、まさか本気とは思えませんな』

『それとも一つ。やたらに衰弱性の高い寄生虫を輸入してもらうってわけにはいくかい？』

山の連中は毛布さえ奪っちまえば、いつでも活動を止められるぜ。残るのは凍えたトカゲの集団だからな」

リーの部屋の内側の壁は、天井から一メートルのところまでしかなく、隣の部屋の通気をしていた。隣は行燈《あんどん》部屋で窓がなかったのだ。隣の部屋の客が、リーを黙らせようとスペイン語で何か言った。

「ちっ、うるせえ」リーはとびあがって言った。「そのすきまに毛布を打ちつけてやる！　てめえのくそったれな空気を遮断してやる！　おれの許しがなけりゃ息もできんくせに！　てめえは窓もねえような行燈部屋の客なんだぞ。ちったあ分をわきまえて、その貧乏口を閉じてろ！」

チンガやカブロンの洪水がかえってきた。

「キミ、文化はどこへいってしまったのかね《オンブレ、エン・ドンデ・エスタ・ス・クルテューラ》？」リーが尋ねた。

「もう寝ようぜ」とアラートン。「つかれた」

第10章

ババオヨまでは川船を使った。ハンモックにゆられ、ブランデーをすすりながら、ジャングルが横を滑っていくのを眺める。泉、コケ、美しく澄み切った流れ、七十メートルはある大木。リーとアラートンは言葉もなかった。船は、芝刈機のようなうなりでジャングルの静けさに割り込みながら川を遡《さかのぼ》った。

ババオヨからはアンデス越えのバスに乗って、アンバトまで寒い中、がたごと十四時間ゆられていった。樹木生育限界線のはるか上、峠道《とうげみち》のてっぺんの小屋に寄って、ヒヨコマメをつまんだ。灰色のフェルト帽をかぶった現地人の若者が数人、むっつりとあきらめたような顔でヒヨコマメを食べていた。土のままの床には、モルモットが数匹、キイキイと駆けずり回っている。その鳴き声で、リーは子どもの頃に飼っていたモルモットのことを思い出した。プライス通りの新居に引っ越すのを家族で待っている間に、セント・ルイスのフェアモント・ホテルで飼っていたのだ。モルモットのキイキイ鳴く声、かごの臭い匂いが甦《よみがえ》る。

　雪に覆われたチンボラソ山の頂を横目に過ぎた。山は、月明かりと、アンデス高地にいつも吹いている風の中で、寒々としていた。高山道からの眺めは、地球ではないもっと巨大な惑星から眺めたもののようだった。リーとアラートンは一枚の毛布の下で一緒にうずくまり、ブランデーを飲んでいた。木の煙の香りが鼻孔をさす。二人ともスウェット・シャツの上に軍放出品のジャケットを着て、冷気と風が入らぬようジッパーをしっかり閉めていた。アラートンは亡霊のように弱々しく見えた。透かして外側の無人の亡霊バスが見えそうだった。

　アンバトからプヨへ、深さ何百メートルもある峡谷のへりに沿って向かう。滝と森と小川が路面を流れる道を走り、うっそうとした緑の谷に下りていく。バスは何度かとまって、路上に滑り落ちてきた大岩をどけなくてはならなかった。

　リーはバスの中でモーガンという名の老山師と話をしていた。ジャングルに来て三十年にもなる男だ。リーは彼にアヤウアスカのことを尋ねてみた。

「やつらには阿片みたいな効き方をするね」とモーガンは言った。「わしのとこのインディオはみんな使ってる。アヤウアスカでラリってると、三日は仕事にならん」

「たぶんそれのマーケットがあると思うんですけど」とリー。

モーガンは言った。「わしならいくらでも手に入れられる」

一行はシェル・マラのプレハブ・バンガローの横を通った。シェル石油は二年間と二百万ドルをかけたが、石油を見つけられず、撤収したのだ。

プヨには夜遅く入って、雑貨屋近くのぼろホテルに部屋を見つけた。リーとアラートンは口もきけないほどに疲れきっていて、即座に眠ってしまった。

翌日、モーガン老人がリーとあちこちまわって、アヤウアスカをキメようとした。アラートンはまだ寝ていた。二人は言い逃れという壁に突き当たっていた。男の一人は、次の日に持ってくると言った。持ってくる気など少しもないのがリーにはわかった。

二人はムラート女が経営する小酒場に行った。女は、アヤウアスカのなんたるかを知らないふりをした。アヤウアスカを禁止する法律でもあるのか、とリーは尋ねた。「ない」とモーガン。「でも連中は、よそ者を警戒するんだ」

二人はそこに腰を据えて、お湯と砂糖とシナモンを混ぜたプロを飲んでいた。リーは、干し首業界に関わってる、と話した。大量生産できる干し首工場をやりたいのだ、と説明した。「コンベア・ラインから首がゴロゴロ……」

モーガンは言った。「あの手の干し首はもう金を積んでも買えんよ。政府が禁止してるんだ。頭を売ろうって、人を殺してまわる悪党どものせいだ」

モーガンは、古い下ネタの冗談にかけては尽きることがなかった。今は、このあたりにいるカナダ出の男の話をしていた。

「そいつはなんでこんなとこまで流れてきたんだい」リーは尋ねた。

モーガンはくすくす笑った。「そういうおれたちは、なんでこんなとこまで流れてきたんだい。国で一もめあったからだろ、違うか?」

リーは何も言わずに、ただうなずいた。

モーガン老人は、午後のバスで、シェル・マラまで貸した金を取り立てにいった。

リーは、プヨの近くで農業を営むソーヤーというオランダ人と話をした。ソーヤーが言うには、プヨから数時間のジャングルに、アメリカの植物学者が住んでいるらしい。

「何か薬品を開発しようとしてるんだとさ。なんていう薬かは忘れた。この薬品の濃縮に成功すれば、一財産できるって言ってる。今は苦労してるぜ。あそこだと、なんにも食うもんがないんだ」

リーは言った。「おれ、薬草に興味があるんだ。訪ねていってみようかな」

「たぶん喜ぶだろ。だけど、小麦粉か紅茶かなんか持ってったほうがいいぜ。あそこには何もないから」

あとでリーはアラートンに言った。「植物学者だぜ！　すごい突破口だ。それこそおれたちの求める男だ。明日にでも行こう」

「通りすがりにたまたま寄った、ってふりをするのはきかないよ。訪問の目的はどう説明する？」とアラートン。

「なんか考えるさ。たぶん小細工なしに、イェージをキメたいんだっていうのが一番いいだろう。たぶん、双方にそれなりの得があると思うぜ。聞いたとこだと、やっこさん、素寒貧らしい。そういうときに会えるってのは運がいい。もしそいつががっぽり儲《もう》かってて、プヨの娼館でガロッシュにシャンペン入れて飲んでるようなときだったら、たかだか何百スクーレかそこらのイェージを売ろうなんて思いやしないだろ。それとジーン、キリストの愛にかけて、おれたちがこの人物に出くわしたら、頼むから『コッター博士、とお見受けしますが！』なんて言わんでくれよ」

プヨのホテルの部屋は湿気っていて寒かった。通りの向かいの家は降りしきる雨にかすんで、まるで水中の街のようだった。リーはベッドの上の品物を取って、ゴム引きのサックに詰めていた。三二口径オートマチック・ピストル、油をひいた絹にくるんだ弾倉数個、小さなフライパン、缶に詰めて粘着テープで封をした紅茶と小麦粉、プロ酒二リットル。

アラートンが言った。「この酒はやたら重いし、瓶も角張ってて危ないぜ。おいてったほうがいいんじゃない？」

「やっこさんの舌をなめらかにしてやんないとな」とリーは言った。そしてサックを持つと、アラートンにぴかぴかの新しいマチェーテを手渡した。

「雨がやむまで待とう」とアラートン。

「雨がやむまで待つ、だって！」リーは大声で笑う真似をしながらベッドに倒れた。「はあっ、はあっ、はあっ！　雨がやむまで待つ！　ここいらの連中がなんて言うか知ってる？　『プヨの雨がやんだら、借りた金を返してやるよ』っての。ふおっ、ふおっ」

「最初に来た二日間は晴れてたじゃないか」

「そうだな。現代の奇跡だよ。ここらの神父様を聖者にしようって動きも起きてるくらいだ。いくぜ、この野郎《バモノス、カブロン》」

リーはアラートンの肩を叩《たた》き、二人は雨の中、中央通りの濡れた敷石で滑りながら、歩き出した。

道は丸木道路だった。道になっている木は泥の皮膜で覆われていた。長い枝を切り出し、杖《つえ》にして滑らないようにしたが、歩みは遅かった。道の両側には広葉樹林からなる、下生えのほとんどない高地ジャングルがひろがっていた。どこもかしこも水ばかり、泉や水流やきれいな冷たい水の川ばかりだった。

「鱒《ます》にはいい水だ」とリー。

何軒かの家に立ち寄って、コッターの居場所を尋ねた。みんな、こっちの方角でいい、と答えた。距離は？　二、三時間ほど。あるいはもっと。二人の噂《うわさ》のほうが先に伝わっているようだった。道で会った男はマチェーテを持ち換えて、握手すると、即座に言った。「コッターを探してんの？　今、家にいるよ」

「あとどのくらい？」リーは尋ねた。

男はリーとアラートンを眺めた。「もう三時間ってとこだな」

二人はさらに歩き続けた。もう夕方近かった。次の家で、どちらが訊《き》きにいくか決めるのにコインを投げた。アラートンが負けた。

「あと三時間って言われた」とアラートン。

「過去六時間ってもの、それればっかじゃないか」

アラートンは休みたがった。リーは言った。「駄目だ。休んだら、脚が棒になる。そうなったら最悪だ」

「誰がそんなこと言った？」

「モーガン老人」

「ふん、モーガンだろうとなんだろうと、ぼくは休む」

「少しだけだぞ。暗くなって、ヘビやジャガーにけつまずいたり、ケブラーヒャに落っこったりしてにっちもさっちもいかなくなったりしたらことだからな。ケブラーヒャってのは、水流に削られてできた深いクレバスのことだ。中には深さ二十メートル、幅一メートル半なんていうのがある。ちょうど人が落っこちるだけの大きさだ」

二人は廃屋で休んだ。壁はなくなっていたが、屋根はかなりしっかりしているように見えた。「ピンチになったらここに泊まれる」とアラートンは、あたりを見回して言った。

「ほんとにピンチのときはね。毛布もない」


コッターのところにたどり着いた頃には暗くなっていた。ジャングルを切り払って建てたわらぶきの小屋で、コッターは五十代半ば、ガリガリの小男だった。リーの見たところ、応対がちょっと冷ややかだった。リーは酒を持ち出して、みんなで飲んだ。コッターの妻は大きくて強そうな赤毛女で、プロの灯油の味を消すためにシナモン・ティーをいれた。リーは三杯で酔っぱらってしまった。

コッターはリーにたくさん質問していた。「どうしてこんなところ？　どこから来た？　エクアドルにはどのくらい？　私のことは誰から？　旅行者かそれとも仕事で来たのか？」

リーは酔っぱらっていた。ジャンキーの隠語で話し出して、自分はイェージまたはアヤウアスカを探しているのだ、と説明した。ソ連やアメリカがこの薬品で実験しているのも知っている。これは我々双方にとって儲けのある取り引きだと思う、とリーは言った。話せば話すほど、コッターの態度は冷たくなっていった。明らかに何か勘ぐっているらしいのだが、なぜ、あるいは何を勘ぐっているのか、リーには判りかねた。

夕食は、主な中身がなにやら繊維質の根とバナナであることを考慮すれば、なかなかうまかった。夕食後、コッターの妻が言った。「ジム、この人たち、疲れてると思うんだけど」

コッターが、レバーを押して電気をおこす仕組みの懐中電灯を持って案内してくれた。竹の薄板でできた幅七十五センチほどの簡易寝台。「二人ならここでなんとかなるだろう」と言う。コッター夫人はその上に、敷布団として一枚、掛布団として一枚、毛布をひろげていた。リーは寝台の壁側に横になり、アラートンが外側に寝ると、コッターが蚊帳《かや》を整えた。

「蚊ですか」リーが尋ねた。

「いや、吸血コウモリ」コッターはあっさりと言った。「おやすみ」

「おやすみなさい」

長い歩きで、リーの筋肉は痛んだ。とても疲れていた。アラートンの胸に片腕を投げかけて、その身体にぴったり寄り添った。暖かな触れあいで、リーの身体から深い安らぎの感情が流れ出していった。もっとしっかり寄り添うと、アラートンの肩を優しく撫《な》でた。アラートンは苛立《いらだ》ったように身動きして、リーの腕を押しのけた。

「べたべたすんなよ、まったく。さっさと寝てくれ」とアラートン。彼は寝返りをうって、リーに背を向けた。リーは腕を引っ込めた。全身がショックでひきつった。ゆっくりと、手を頬の下に持っていった。内部から血を流しているような、深い傷を感じていた。涙が顔をつたった。

シップ・アホイの前に立っていた。人気《ひとけ》がなかった。誰かが泣いているのが聞こえる。見ると自分の幼い息子がいたので、ひざまずいて抱き上げた。泣き声はさらに近づき、悲しみの波、今は自分も泣いている。すすり泣きで身体がふるえていた。小さなウィリーを胸にしっかり抱きしめた。人の群れがそこにいて、囚人服を着て立っていた。この人たちは何をしているんだろう、なぜ自分は泣いているのだろう、と不思議に思った。

目が覚めても、夢の深い悲しみがまだ感じられた。手をアラートンのほうに伸ばしたが、引っ込めた。向きを変えて、壁を向いた。

翌朝、リーは干からびて、いらいらし、感情がなくなってしまったように感じた。コッターの二二口径ライフルを借りて、アラートンとジャングル見物にくりだした。ジャングルには生き物などいないように見えた。

「コッターの話だと、このあたりの獲物はインディオが一掃しちゃったんだって。シェルで働いた金で、みんなショットガンを買ったから」とアラートン。

二人は道沿いに歩いていった。巨大な樹木、中には三十メートル以上もあるようなものが、一面に蔓草《つるくさ》を巻きつかせて、日光をさえぎっていた。

「神が殺せるような生き物をお与えくださらんことを。ジーン、向こうでキイキイ鳴いてるぜ。撃ってみろ」

「何を撃つんだ？」

「知るか。とにかく生き物には違いなかろう」

リーは道の脇の下生えをかきわけていった。蔓につまずいて、のこぎり状の植物の中に倒れこんだ。立ち上がろうとすると、何百という鋭いトゲが服にからみ、肉に食い込んだ。

「ジーン！　助けてくれ！　人食い植物に捕まった！」ジーンはマチェーテで彼を自由の身にした。

ジャングルでは、生きた動物は一匹も見かけなかった。

コッターは、インディオが使う矢毒からクラーレを抽出しようとしているとのことだ。この地域には黄色いカラスが見られ、非常に強い毒のあるトゲを持った黄色いナマズもいるのだ、とリーに話してくれた。彼の妻が刺されて、ひどい苦痛を和らげるために、コッターはモルヒネを処方しなくてはならなかった。コッターは医者だった。

リーは猿女の話に衝撃を受けた。ある兄妹がエクアドルのこの地方にやってきて、根っこやイチゴや木の実やヤシの芯だけで単純かつ健康的な暮らしをしようとした。二年後、捜索隊に発見されたとき、歯は抜け落ち、完治しない骨折に苦しみながら、急ごしらえの杖にすがってよたよた歩いていたという。どうやらこの地方にはカルシウムがないらしい。ニワトリは卵をうめなかった。殻をつくるものがないのだ。牛は牛乳を出したが、カルシウムが含まれない、水っぽい透けるような牛乳だった。

兄は文明とステーキの暮らしへ戻ったが、猿女は今もそこにいる。このあだ名は女が猿が何を食べるかを観察するのでつけられた。猿が食えるものなら、女にも食べられるし、誰にでも食べられる。ジャングルで道に迷ったとき、知っていると役に立つ。ついでにカルシウム錠を持っていくと役に立つ。コッターの妻も、歯をここでの「ひぇいかひゅ」で失っていた。コッター自身の歯はずっと前になくなっていた。

貴重なクラーレに関する記録をコソ泥から守るために、コッターは一メートル半の大蛇を家においていた。また小さな猿を二匹飼っていて、こいつらは可愛らしかったが意地が悪くて鋭い歯を持っており、加えて二本指のナマケモノも飼っていた。ナマケモノは果実を食べ、木から逆さになってぶら下がって、赤ん坊が泣くような声を立てる。地面の上ではまったくの役立たずだ。こいつはただそこに横たわって、ばたばた暴れてうなるだけだった。コッターは、絶対に手を触れないようにと注意した。首の後ろに触るのも駄目。強い鋭い爪はそこまで届くので、それをこちらの手に突き刺して、口元まで引っ張りこんでかみつくのだそうだ。

リーがアヤウアスカについて尋ねると、コッターは何かとはぐらかした。イェージとアヤウアスカが同じものかどうかよくわからない、という。アヤウアスカはブルヘリア——魔術と結び付いている。コッター自身、白人魔術師《ブルーホ》なのだった。コッターはブルーホの秘術を知っている。リーは知らなかった。

「連中の信頼を得るには何年もかかる」

リーは、これに何年もかけてるわけにはいかない、と言った。「あなたが手に入れてくれませんか」

コッターは渋い顔をしてリーを見た。「私だって、三年もここにいるんだ」

リーは科学者風に攻めてみることにした。「ぼくはこの薬の持つ性質について調べてみたいんです。実験として飲んでみたいんだ」

コッターは言った。「そうだなあ、カネラまで連れていって、ブルーホに話をしてみてもいい。私が口をきけば、きみが試す分を少しわけてくれるだろう」

「そうしていただけると助かります」とリー。

コッターはカネラ行きについてはそれ以上何も話さなかった。やたら、話すのは、ここでいかに物が足りないか、クラーレ代替物の実験でいかに時間がないか、といったことばかり。三日して、リーは自分が時間を無駄にしているだけだと悟り、もう帰る、とコッターに告げた。コッターは安堵《あんど》を隠そうともしなかった。

二年後　メキシコシティへの帰還

パナマに乗りこむたびに、そこは正確に一月、二月、六月分だけ余計にどこことも知れなくなる。まるで退行性の病気の進行を見るようだ。等差級数から等比級数への転換が起きたように思える。人間以下の醜く卑しい何かが、このポン引きや娼婦や劣性遺伝子の入り混じった街、運河に寄生した退化したこの蛭《ひる》の街に巣くっている。

蒸し暑い中、パナマは憂鬱な黒雲に覆われている。ここでは誰もが偏執狂並みにテレパシーを使える。カメラを持って歩きまわっていると、旧パナマ市外の石灰岩の崖上に、木となまこ板の掘っ建て小屋があって、まるでペントハウスのようだった。この無用の長物の写真が欲しかった。暑い灰色の空を背景に、アホウドリやハゲタカがその上を旋回しているところが撮《と》りたかったのだ。カメラを持つ手は汗で滑りやすく、濡れたコンドームみたいにシャツが身体に張りついていた。

小屋の婆さんが、写真を撮っているのに気づいた。写真を撮るとやつらは絶対気がつく、とくにパナマでは。婆さんはこっちからははっきり見えない、気に食わない様子の連中と、怒ったように相談を始めた。それから危なっかしいバルコニーの端まで歩いてきて、敵意たっぷりのわけのわからないしぐさをやってみせた。いわゆる未開人の多くはカメラを恐れる。たしかに写真には何やら淫らで不吉なものがある。監禁したい、取り込みたいという欲望、何かを追い求める性的な熱意がある。先へ歩いていって、野球をしている少年たち――若く、生気に溢《あふ》れ、こちらに気がついていない――を少し撮った。一度もこちらに目を向けようとはしなかった。

水辺に、色黒の若いインディオがいるのが見えた。こちらが写真を撮りたがっているのがわかっていて、カメラを構えるたびに、若い男特有の不機嫌な顔をこちらに向ける。やっと撮れたのは、手持ちぶさたに肩をかきながら、けだるい獣の優雅さで船のへさきにもたれているところだった。右肩から鎖骨へのびる、長く白い傷跡。カメラをしまって、熱いコンクリートの壁から身を乗り出すと、男を眺めた。心の中ではその傷に沿って指を走らせ、銅色のむき出しの胸と腹に下りていく。体中の細胞が喪失感で痛んだ。「ええい、クソッ」と呟《つぶや》きながら、身体を壁から突き放すと、何か写真に撮るものを探しに歩み去った。多くのいわゆる未開人たちはカメラを怖がる。それが自分たちの魂を捕らえて奪ってしまえると思っているのだ。確かに写真には何か卑猥《ひわい》で邪悪なものがある。捕らえ、採り入れたいという欲望、追求の性的な強度があるのだ。

フェルト帽の黒人が、きたない石灰岩の土台に乗った木造家屋のポーチの手すりに寄りかかっていた。こっちは通りの向かいの映画館のひさしの下にいた。カメラを構えるたびに、黒人は帽子を取ってこちらを睨《にら》み、気違いじみた呪いを唱える。ようやく柱の陰から写真を撮った。この人物の頭上のバルコニーでは、上半身裸の若者が洗濯をしていた。黒人と近東系の血をひいているのが見て取れる。丸みを帯びた顔と、カフェオレ色のムラートの肌、筋肉などカケラもない、均質な肉でできたなめらかな身体。男は危険をかぎつけた動物のように、洗濯から顔を上げる。五時の笛が鳴ったときに捕らえた。昔ながらの写真家の手だ。気をそらすまで待て。

チコのバーに行ってラム・コークを飲んだ。ここは昔から好きになれなかったし、それはパナマの他のバーも同じだ。でも、昔は我慢できないほどではなかったし、ジュークボックスにはいい曲が入っていた。今では最低のオクラホマ酒場音楽ばかりで、まるで発情期の牛のうなり声みたいなのだ。「おいらのお棺の釘を打つな」「酒場女は悪魔の子」「つれないおまえ」その他もろもろ。

この酒場の兵士たちは、軽い脳震盪《のうしんとう》を起こしたような、運河地帯特有のなりをしている。牛のように鈍重で、何か特別なGI処理でも受けているんじゃないかと思えるほど、直観レベルでの触れあいに免疫があり、テレパシーの送受器官が切除されている。何か質問をすると、愛想よくもなく悪くもなく返事をする。暖かみゼロ、触れあいゼロ。会話など不可能。とにかく何も言うことがないのだ。ただすわって商売女にドリンクをおごり、ふぬけたコナをかけては蠅《はえ》のように軽くあしらわれ、例のべたべたした曲をジュークボックスでかける。ニキビだらけのアデノイド面《づら》した若者が一人、女の子の胸を触ろうとし続けていた。女が手を何回払いのけても、まるで独立した昆虫の生命を与えられているように、手はまたにじりよっていくのだ。

商売女が一人、隣にすわったので、ドリンクをおごってやった。女は図々しく上等のスコッチを頼んだ。「パナマよ、おまえの根性悪さにはうんざりだ」と思った。

薄っぺらな小鳥ほどの脳みそしかない女は、録音を再生しているみたいに完璧なアメリカ英語をしゃべった。馬鹿な人間は、頭の中に邪魔物が何もないから、言葉をすばやく簡単に覚えられる。

女はもう一杯ドリンクをねだってきた。「駄目だ」

「あら、そう冷たくしないでよ」

「いいか、もしおれが素寒貧になったら、誰がおれに飲み物をおごってくれる？　あんたか？」

女は驚いた様子で、ゆっくり言った。「そう、あなたの言うとおりね。失礼」

大通りを歩いていく。ポン引きが腕をつかむ。「にいちゃん、十四歳のコがいるよ。プエルト・リコ人。どうだい」

「もう中年だな。おれの欲しいのは六歳の処女だ。待ってる間に再封印ってなクソみたいなシロモノじゃねえ。十四歳の婆あとかおれにつかませようと思うなよ」ぽかんと大口をあいたポン引きをあとにした。

パナマ帽を値踏みに店に入った。カウンターの後ろの若い男が歌い始めた。「友だち作る、お金を儲《もう》ける」

「この中米野郎め、本物のぺてん師だ」と判断した。

男は二ドルの帽子を見せた。「十五ドル」

「桁《けた》を間違えてるぜ」と告げて、背を向け、店を出た。

男は通りまで追いかけてくる。「ちょっと待ってくださいよ、旦那」だが歩き続けた。

メキシコ国境を越えてすぐのタパチュラまで飛んだ。空港でテキサスからの老観光客に会った――同じ便で着いたのだ――そしていっしょにタクシーに乗って、同じホテルにチェックインした。メキシコのほうが気分がよかった。酒場に入ってラムを注文した。しおれた手をした物乞いがやってきた。その手がなんだかアラートンを思わせたので、二十センターボくれてやった。

その夜、何度も見た夢を見た。メキシコシティに戻って、アラートンの昔のルームメートのアート・ゴンザレスと話をしている。アラートンがどこにいるのか尋ねると「アグア・ディエンテだ」と言う。そこはメキシコシティの南のどこかで、バスの乗り換えを問いあわせることになる。こういう夢は何度も見た。メキシコシティに戻って、アートやアラートンの親友のジョニー・ホワイトと話をして、アラートンがどこにいるか尋ねるのだ。アラートンの夢ばかり見る。普通は仲良くやっていけるのに、ときどきなぜかやたらにつっかかる。なぜだ、どうかしたかと尋ねると、いつももごもごとしか答えない。とうとう理由はわからずじまいだった。

　メキシコシティまで空路をとった。空港を抜ける間、少し心配だった。サツか入国管理官に見つかるかもしれない。あくまでも観光客ぶりを徹底することにした。帽子は荷物の中にしまいこみ、飛行機からおりるときに眼鏡もはずした。そしてカメラを肩にかける。

「街までタクシーでいこう。割り勘で。そのほうが安上がりだ」と観光客を誘った。二人で父と息子のようにして空港の中を歩いていった。「それで、そのグアテマラの野郎は、パレス・ホテルから空港まで二ドルよこせって言うんだ。だからこっちは言ってやった。一《ウソ》だって」と、話しながら指を一本立てて見せた。誰もこっちを見ない。観光客二人連れ。

　タクシーに乗りこんだ。運転手は街の中心部まで二人で十二ペソと言う。

「ちょっと待った」と観光客が英語で言った。「メーターがない。メーター、どこだ？　メーター、ないと駄目」

運転手は、空港の客を街まで運ぶときはメーターなしでいいという許可をもらっているんだと説明してやってくれ、と言う。

「ノー！」と観光客は叫んだ。「ワタシ、観光客ちがうね。ワタシ、メキシコシティに住んでる。ホテル・コルメナ知ってる《サベ》？　ワタシ、ホテル・コルメナに住んでる。街まで乗せていっても、メーターの金しか払わないよ。警察呼ぶ。ポリシア。法律でメーターつけることになってる」

「やれやれ、まったく最高だ、このバカがサツを呼んでくれるとは」と思った。マッポがタクシーのまわりに集まって、どうしていいかわからずに他のマッポたちをさらに呼び集めるところが目に浮かんだ。旅行者はスーツケースを持ってタクシーからおりた。ナンバーを控えている。

「ワタシ、ポリシアたくさんすぐ呼ぶ」と彼。

「ああそう、おれはこのタクシーで行くことにするよ。どうせ、街へ行くならこのくらいはかかるし……行ってくれ《バムノス》」と運転手に告げた。

シアーズ近くの八ペソ・ホテルにチェック・インして、ローラの店に向かった。興奮で腹が冷たかった。バーの場所は変わり、装飾も変わり、家具も新しくなっていた。が、カウンターの後ろにいるのは金歯と髭《ひげ》でおなじみのペペだった。

「元気？《コモ・エスタ》」とペペ。握手した。どこに行っていたのかと尋ねるので、南米と答える。デラウェア・パンチを持ってすわった。店は空っぽだったが、誰か知った顔が遅かれ早かれやってくるはずだ。

少佐がやってきた。退役軍人でグレーの髪、活気に溢れ、たくましい。名簿を少佐と一緒にざっと一渡り並べてみる。

「ジョニー・ホワイト、ラス・モートン、ピート・クロウリー、アイク・スクラントン？」

「ロサンゼルス、アラスカ、アイダホ、知らない、まだいる。あいつはいつでもいるよ」

「ああ、そうそう、そういやアラートンはどうなった」

「アラートン？　そいつは知らないやつだと思う」

「またな」

「おやすみ、リー、ほどほどにな」

シアーズに行って、雑誌を一渡り眺めた。『タマ：ホンモノのオトコの雑誌』というブツを開いて、木からぶら下がった黒人の写真を眺めていた。「おれはやつらがソニー・グーンズを吊《つ》るすのを見た」手が肩に置かれた。振り向くと、そこにはゲール、これまた退役軍人だ。元アル中の、抑えた雰囲気があった。名簿をひととおり並べてみる。

「ほとんどみんな、いっちまったよ」とゲール。「どのみちそいつらにはほとんど会わんよ。もうローラの店には行かないから」

アラートンのことを尋ねた。

「アラートンって？」

「背の高い痩せたの。ジョニー・ホワイトとかアート・ゴンザレスとかのダチ」

「あいつもいっちまったよ」

「いつ頃？」ゲール相手にクールにしたり何気ないふりをしたりする必要はない。彼は何も気づきはしない。

「一月ぐらい前に通りの向かいで見かけたけど」苦痛と孤独の波が、肺や心臓あたりが受ける、静注の衝撃みたいに襲ってきた。

「またな」

「またな」

雑誌をゆっくり戻して外に出ると、柱にもたれた。「おれの手紙は届いているはずだ。なのになんで返事をくれないんだ？　なぜ？」

それからローラの店に戻った。バーンズがテーブルにすわり、不自由なほうの手でビールを飲んでいた。

「もうほとんど誰もいないぜ。ジョニー・ホワイトとテックスとクロスホイールはロサンゼルスだ」

こっちは彼の手を眺めていた。

「アラートンのことは聞いてる？」とバーンズ。

「いや」

「南米かどっか、南のほうに行ったんだって。陸軍大佐と。アラートンがガイドでついてったの」

「で？　行ってどのくらいになる？」

「だいたい六ヶ月」

「おれが消えたすぐあとらしいな」

「そ。ちょうどその頃」

　ちょっと苦痛が和らぐのが感じられた。バーンズからアート・ゴンザレスの住所を聞いて、会いにいった。アートは自分のホテルの向かいの店でビールを飲んでいて、声をかけてきた。そう、アラートンは五ヶ月ほど前に消えて、陸軍大佐夫婦のガイド役でついていったんだ。

「グアテマラで車を売るとかでね。四八年型キャデラック。話を聞いて、何かおかしいような気がしたんだ。でも、アラートンははっきりしたことは全然話してくれなかったから。わかるだろ、あいつのそういうとこ」アラートンから何も聞いていないと言うと、アートは驚いたようだった。「失せて以来、誰もあいつから連絡ももらってねえんだ。心配だな」

　何をしているんだろう、それもどこで？　グアテマラは物価が高い、サン・サルバドルは高い上に僻地《へきち》。コスタリカかな？　北上する途中でサン・ホセに寄らなかったのが悔やまれた。

「あんたと南のどこかで落ち合うとかなんとか言ってたぜ」

明らかに本気で言ったことじゃない。たぶん何やらもめ事にはまっていて、自宅の住所で手紙が開封されるのを恐れているんだろう。

ゴンザレスと、誰それは今どこにいる式の十八番《おはこ》を始めた。メキシコシティは時空間旅行のターミナル駅、列車を待つ間にさっと一杯ひっかける類《たぐい》の待合室なのだ。これだからメキシコシティやニューヨークにいるのは我慢できる。そこでは行き詰まることがない。ただそこにいるというだけで、旅していることになる。だが、パナマ、世界の交差点では、人はただ歳をとるだけの肉塊だ。自分の身体をそこから動かすには、パンナムやKLMと取り引きしなくてはならない。さもないと、肉体はそこにいつまでも残って、トタン屋根の下、蒸し暑い熱の中で腐っていく。

その夜の夢。おれはペルー――メキシコ――ニューヨーク、あの都市にいて、ボックス席のあるレストランで食べていた。そのレストランは一九一八年セントルイスの裏庭と赤煉瓦《あかれんが》家屋に通じている。アラートンはどこにいるんだろうと思っているところだった。物乞いがテーブルのところにきて、しおれた手を差し出した。そして別の物乞いがコロンビアの宝くじを売りにきた。物乞いは、傷ついて戸惑っているようだった。そんなことを考えたこともなかった。アラートンも、自分たちが同じ通貨を使っていないと指摘すると、同じような戸惑ってちょっと傷ついた表情をするのだった。

その夜、ついにアラートンを見つけた夢を見た。中米のどこかの入江に隠れていたのだ。久しぶりに出会って驚いているようだった。その夢では、失踪人を探すのがこちらの仕事だった。

「アラートンさん、仲良し金融社を代表して参りました。何か忘れちゃいないか、ジーン？　第三火曜日には顔を出してもらえることになってただろう。きみが来ないんでオフィスでは寂しい思いをしてたんだよ。『さっさと払え、さもないと』なあんて言うのは好きじゃないんだな、我々は。仲良しの言うせりふじゃないもんな。契約書にはおしまいまで全部目を通してくれたのかな？　とくに問題にしたいのが第六条十項でしてね、電子顕微鏡とウイルス・フィルターでないと解読できない。しっかりわかってるんだろうね、『さもないと』ってのがどういう意味なのか、ジーン？

やれやれ、おまえみたいな若いコがどんなかは承知してるとも。どっかのスベタのケツを追っかけまわして、仲良し金融のことなんかさっぱり忘れちまうんだ、え？　でも仲良し金融はおまえを忘れない。歌にあるだろう、『逃げも隠れもできはせぬ』ってね。この未払人捜索官が仕事に乗り出したら無理だよ」

捜索官は、空白の、夢見るような表情になる。口がぽかんと開き、古い象牙《ぞうげ》のように硬く黄色い歯が覗《のぞ》く。皮の肘かけ椅子《いす》の中で身体がゆっくりとずり落ちていき、しまいに椅子の背が帽子を押し上げて、目の上に覆いかぶさり、目はひさしの下でオパールのように光点を反射させている。「ジョニーは市場に行ったきり」を何度も何度もハミングし始める。ハミングは唐突に、歌詞の途中でとまる。

捜索官は物憂げでとぎれとぎれの声で話している。風の強い通りから聞こえてくる音楽のようだ。「この稼業じゃいろんなやつにお目にかかるんだぜ、小僧。しょっちゅうどっかのアッパラパーな市民がオフィスにやってきちゃあ、仲良し金融に払いをするってんでよこすのがこのクソだ」

肘かけから、手のひらを上にして、片腕をのばす。紫青色の指先をした薄茶色の手をゆっくり開くと、黄色い千ドル札を丸めた束が現れる。手は裏返り、手のひらが下を向いて、バタリと落ちて椅子に当たる。男の目が閉じる。

突然男の頭が片側にガクリと落ち、舌が口からこぼれる。札が手から一枚一枚離れ、赤いタイル敷の床に丸まって落ちる。一陣の暖かな春の風が、汚いピンクのカーテンを部屋に吹き込む。札はカサカサと部屋を横切って、アラートンの足元に落ち着く。

音もたてずに捜索官が起き直り、まぶたの奥に一条の光が点《つ》く。

「物入りになったときのために、そいつはとっときな。こういう中米くんだりのホテルってのがどんなところか知らんわけじゃなかろう。自分の書類は身につけてないとな」

捜索官は膝に肘をついて、身を乗り出す。突然立ち上がる。まるで椅子から湧き出たように。その動作の流れで、一本指で帽子を目から押し上げる。戸口に向かい、右手をノブにかけたまま振り返る。着古したグレン格子のスーツの衿《えり》で左手の指のつめを磨く。スーツは男の動きにつれ、かび臭い匂いを発した。衿の下やズボン裾の折り返しにはカビがはえている。男は自分のつめを眺める。

「ああ、そうそう……おまえの、えー、その……勘定だけど。またじきに来るから。じきにってのはつまり、遅くてもあと数……」捜索官の声はくぐもっている。

「お互い、どこかで折り合いがつくだろうよ」今や声は大きくはっきりしている。

ドアが開き、部屋を風が吹き抜ける。ドアが閉じると、カーテンはもとの場所に落ち着くが、一枚だけ窓の内側に伸びており、まるで誰かが一度外してそこに放り投げたように見えた。

訳者あとがき

『クィア』はウィリアム・S・バロウズの実質的な長編第二作である。ややもすると難解で晦渋《かいじゅう》と思われがちなバロウズの著作の中で、実はいちばんとっつきやすく読みやすい小説であるかもしれない。それはバロウズの自伝的小説であり、辛くせつないゲイの恋愛小説であるからだ。

バロウズと「せつなさ」ほど遠く思えるものはなかろう。だが、一九五一年のバロウズはそうだった。バロウズが『裸のランチ』によって一躍文壇最大の問題児となるのは一九五九年のことである。それ以前のバロウズは、メキシコシティの外人バーで大学生をナンパする、元麻薬中毒患者のおっさんに過ぎなかった。いわば文学者見習い時代のバロウズの習作、それが『クィア』なのである。

ウィリアム・バロウズといえば、まずビート三羽烏《さんばがらす》の一人として時代を画す存在であり、そして『裸のランチ』の出版でスキャンダルを引き起こした猥褻《わいせつ》作家であり、カットアップやフォールドインという手法により言語の支配から脱出しようとした実験文学の作者である。だが、そうした評判のはるか以前、一九五一年のバロウズは一介のドラッグ中毒者でしかなかった。一九一四年ミズーリ州セント・ルイスに生まれたバロウズは一九四四年、ニューヨーク在住時にアレン・ギンズバーグ、ジャック・ケルアックと知り合い、生涯の絆《きずな》を結ぶ。そのころすでに、モルヒネからはじめてあらゆるドラッグを嗜《たしな》む麻薬の達人であった。ギンズバーグやケルアックこそ、該博《がいはく》かつ雑多な知識で圧倒したバロウズだったが、実のところはもっぱら実家からの仕送りで食っている穀潰《ごくつぶ》しである。一九四九年、ルイジアナ州で麻薬所持のために逮捕されるが、保釈中にメキシコに逃げることを考える。五年間の出訴期限のあいだ逃げ切ればよい、と考えたのだ。バロウズは内縁の妻と子を連れ、一九四九年十月、メキシコシティに移住する。

メキシコシティでバロウズは一念発起、作家をめざして小説を書きはじめる。みずからの麻薬体験に基づく自伝的作品『ジャンキー』である。一九五〇年末には初稿を脱稿するが、出版はなかなか決まらず、バロウズは無為な日々を過ごしていた。翌年、バロウズはかねてより聞き知っていた究極のドラッグ、イェージ（アヤウアスカ）を探しに南米へ行くことを考える。一九五一年の夏、バロウズは退役海軍整備士のルイス・マーカーを連れ、パナマからエクアドルへ向かうが、結局イェージは見つからないまま終わった。

その年の九月、酔っ払ったバロウズと内縁の妻ジョーン・ヴォルマーは「ウィリアム・テルごっこ」をする。ジョーンがグラスを頭に乗せ、銃の名手だったバロウズが撃ち落とそうというのだ。だが、バロウズは狙いをはずし、ジョーンを射殺してしまう。バロウズは逮捕されたが、実家の手も借りて保釈にこぎつける。

翌年の春から夏にかけて、バロウズは執筆に専念し、一気呵成《いっきかせい》に『クィア』を書きあげる。ちょうど四月ごろに処女作『ジャンキー』の出版が決まったのが追い風になった。一方、ジョーン・ヴォルマー射殺事件の裁判が迫っていた。バロウズは有力な弁護士をつけていたのだが、その彼から報酬の増額を要求され、「たかられている」と感じたらしい。あるいは生来の逃亡癖が出たと考えるべきか。いずれにせよ、バロウズは一九五二年末に再度南米へ、イェージを求める旅に出る。八ヶ月の旅の中で、コロンビアでついにイェージをキメたバロウズは、一九五三年八月にパナマ、メキシコシティを経由してアメリカに帰国した。不在裁判で二年の執行猶予付きの刑がくだされた、とのちに知った。

以上がバロウズのメキシコシティ滞在の顚末《てんまつ》であり、この中でバロウズの初期三部作『ジャンキー』、『クィア』、『麻薬書簡』が書かれることになったのである。そこからいくつか興味深い事実がわかる。

ひとつはバロウズが文体に意識的な作家だったということである。「ウィリアム・リー」名義の『ジャンキー』は、麻薬中毒患者リーの一人称による一種のハードボイルド小説として書かれた。だが第二部の『クィア』は主人公を突き放したかたちで書く三人称である。『クィア』を中毒が抜けたあとの性欲亢進期《こうしんき》の話にする、というのも当初から決めていたようである。第三部『麻薬書簡』は、当初『イェージ』というタイトルであった。バロウズがギンズバーグをはじめとする友人たちと文通をしていたのはよく知られている。だからギンズバーグに、イェージを求める旅先から送った手紙をまとめたもの、という形式は信じやすいだろう。だが、実際にはこんな手紙は存在しない。これは最初から書簡体小説として構成されていた（バロウズが手紙から内容の一部を拾って、小説に組み込むことがなかったわけではない。だが、それはあくまでも意識的な選択としてなされたことである）。三部作でそれぞれ形式を変えるというのは当初からの構想だったようである。

もうひとつは、三部作のテキスト同士の複雑な関係である。

　ギンズバーグの売り込みの甲斐《かい》あって、一九五二年四月にエース・ブックスとの契約が結ばれ、『ジャンキー』の出版が決まる。だが、問題があった。小説が短すぎるのである。エースにはエース・ダブルという短めの長編を二冊一緒にするスタイルの本もあったのだが、それにしても短すぎた。伸ばせと言われたバロウズは、考えた挙げ句、『クィア』の一部を『ジャンキー』に流用することにした。もともと続編だったとはいえ大胆なことである。『クィア』から移植されたのは書き出しも含め、第一部と第二部を中心に、全体の五分の一ほどの分量になる。当然、文章は三人称から一人称に書き改められた。『ジャンキー』の河出文庫版では第13章にあたる「四月のある朝、目が覚めると麻薬切れで少し気分が悪かったので、寝たまま白い漆喰《しっくい》塗りの天井に映る影を見ていた……」が、『クィア』本来の書き出しだったのである。ご興味ある向きは、ぜひ確かめていただきたい。

　そういう経緯でもともと短かった『クィア』はさらに短いものになってしまった。その時点ではまだエースが『クィア』を買ってくれるかどうかわからなかったが、いずれ長さは必要である。バロウズに取れる手段はひとつしかなかった。つまり『イェージ』からぶっこ抜くのだ。そこで、バロウズはコロンビア旅行からの帰り、メキシコシティに寄った経緯を記した「二年後　メキシコシティへの帰還」をエピローグとして付け加えることにした。実のところ、これは正解であろう。どう考えても『クィア』のほうにふさわしい内容だからだ。そして、リーが観光客に警察を呼ばれるのを嫌がる理由もあきらかだろう。バロウズが妻殺しの裁判から逃亡したままだったからである。

一九五三年に『ジャンキー』は発売されるが、『クィア』は結局エースから拒絶される。ちなみにエース・ダブル版『ジャンキー』の献辞は「A・L・Mに捧ぐ」となっているが、これはアデルバード・ルイス・マーカー、つまりアラートンのモデルとなった、南米旅行の道連れのことである。ギンズバーグはまだ出版の可能性を探しつづけたが、一九五九年、『裸のランチ』がセンセーションを引き起こしたのち、今度はバロウズが出版に消極的になってしまった。一躍売れっ子になったバロウズにとっては、それは忘れたい若書きに過ぎなかったのかもしれない。

一九八四年、バロウズが十年前にまとめて（生活費のために）売った原稿の山から、『クィア』のほぼ完全な原稿が発見された。同じ年、バロウズはエージェントを変え、出版社（ペンギン）と大型契約を結んだ。その目玉のひとつとして浮上したのが『クィア』だったのである。かくして『クィア』は執筆から三十年以上したのちに突然出版されることになった。バロウズの秘書だったジェイムズ・グラウアーホルツは、『クィア』の元原稿を復活させることも考えたらしいが、結局『ジャンキー』と重複を作ってしまうことは避け、バロウズの新たな前書きをつけただけで出版することになった（そして、この絶妙のタイミングで若手のバロウズ研究者として売り出していた山形浩生と柳下毅一郎とが、これを邦訳することになったというわけである）。

『クィア』は大いに物議をかもした。内容もさることながら、バロウズの序文が衝撃を与えたのである。そこには、「この本は、文中では一度も触れていない、実に注意深く避けられた事件を契機として書かれている。一九五一年九月、妻のジョーンを誤って射殺したことだ……もしジョーンの死がなければ、決して作家になることはなかっただろう」とある。

これを一種、手品師の種明かしのようなものだと捉えた人は多かった。衝撃を受けた人の中には、たとえばデヴィッド・クローネンバーグがいる。もともとウィリアム・バロウズの熱狂的な読者だったクローネンバーグだったが、『裸のランチ』を映画化するヒントは『クィア』の序文から得たという。クローネンバーグ版の『裸のランチ』は、ウィリアム・リー（ピーター・ウェラー）が妻（ジュディ・デイヴィス）を「ウィリアム・テルごっこ」で殺害することで作家としての資格を得る。『クィア』の序文こそが原作だと言えそうな映画である。

実のところはどうだったのか。ジョーンの死に文中で触れていないのは当たり前で、『クィア』に記されたのはまだ事件が起こる前の出来事である。むしろ、リーがまるで妻も子も存在しないようにふるまっているほうが驚きだろう。もちろん、これを書いていたのは事件の後なのだし、序文ではわざわざデントン・ウェルチ的予兆を指摘してはいる。だが、作家の言うことをすべて真に受けるのもまた間違いだろう。

このような指摘ができるようになったのも、二〇一〇年にバロウズのアーキビストであるオリヴァー・ハリスが校訂をやりなおした二十五周年記念版が発刊されたからである。二十五年のあいだに発見された原稿などのおかげで、よりオリジナルに近いかたちでの復元がなされた。大きくは第七章（パナマ編）が追加されているほか、いくつか描写が増えている箇所があるので、ぜひご確認いただきたい。このあとがきに記した内容の多くも、ハリスによる二十五周年版序文に拠っている。

本書にインスパイアされた映画人はクローネンバーグ一人ではない。二〇一一年にはスティーヴ・ブシェミが監督・主演で映画化を進め、実現一歩手前のところまで行った。ガイ・ピアース、ケリー・マクドナルドといったキャストまで発表されていたのだが、結局撮影には入れないまま瓦解《がかい》する。しかし二〇二四年についに映画化が実現した。『君の名前で僕を呼んで』、『サスペリア』などのルカ・グァダニーノ監督がなんとダニエル・クレイグ主演で映画を撮ったのである。他にジェイソン・シュワルツマン（ジョー・ギドリー役）などが出演し、アラートンはドリュー・スターキーが演じる。個人的にはブシェミの世にもしょぼくれたバロウズ（ウィリアム・リー）を見たかった気がするが、元ジェームズ・ボンドのバロウズというのもなかなか粋なものではないか。バロウズ自身はスパイになりたくてＯＳＳ（ＣＩＡの前身）に応募したことがあるくらいだから、ある意味本望だったと言えるかもしれない。

本書が一九八八年に日本でペヨトル工房より翻訳出版されたとき、書名は『おかま』であった。queer とはもともと「奇妙な、おかしな」という意味であり、そこから転じて男性同性愛者を意味する隠語、差別語となった。バロウズはもちろんショック効果も狙ってあえてその言葉を使ったのである。だが、クィアは最近ではさらに広い意味を包含する言葉となっている。ＬＧＢＴＱのＱであり、ノンバイナリーからパンセクシャルまで含まれる流動的な性を示しているのだとか。もちろんバロウズが使っていたときの意味はそうではない。だがそれを二十一世紀の読者に押しつけるのも乱暴なことであろう。かえって誤解を呼ぶだけのような気もするので、書名は英語で『クィア』のままとした。ただし、本文中には「おかま」の言葉を使っている。この時代にあっては、そう読むのが当然であろうと訳者は考えるからである。

他にも、現在では差別語、要注意語とされる言葉がいくつか登場するが、いずれも時代性を鑑《かんが》み、単純に言葉を言い換えては逆におかしなものになってしまうだろうと思われたためである。そもそもバロウズ自身が少年を絞首しながら肛門性交するという性的ファンタジーの持ち主なわけで、それを政治的に正しく訳すことにどれほど意味があろうか。

なお、バロウズが南米に求めにいくYagé は正しくはヤーへと発音する（最近はアヤウアスカ、アヤフアスカという呼び方のほうが一般的である）。だが、バロウズはイェージと発音していたので、本書でもそれにしたがい「イェージ」と表記した。現在ではアヤフアスカのトリップはごく一般的なものになっており、ペルーなどには短期滞在者向けにアヤフアスカの儀式を提供する施設も存在する。しかるにそのせいで今度はアヤフアスカの乱獲が問題になっているとか。どんづまりへの旅もどこへやら、だ。

文庫化にあたっては William S. Burroughs, *Queer: 25th Anniversary Edition*（Penguin Modern Classics）（2010）を底本とした。三十七年前の翻訳を引っ張り出し、それに山形、柳下の両名がそれぞれ自由に手を入れた上、お互いの改訳箇所をチェックする形をとった。ペヨトル工房版は、訳者にとっては初の商業翻訳であったので、今読むとなかなかイキり散らかしており……まあしかし、それもまた時代性として残すことにした。我々のような生意気なだけの若輩者を信じてまかせてくれたペヨトル工房と今野裕一氏にはいくら感謝しても足りぬことはない。

本書の編集は河出書房新社の伊藤靖氏が担当された。

二〇二五年三月一日

柳下毅一郎

本書は一九八八年七月、ペヨトル工房より『おかま〔クィーア〕』として刊行されました。文庫化にあたり改題・改訳を行ないました。

本文中、今日では差別的と目されかねない表現がありますが、執筆当時の時代背景と作品の価値を鑑み、原文を可能なかぎり尊重した翻訳としました。

クィア

二〇二五年 四 月一〇日　初版印刷
二〇二五年 四 月二〇日　初版発行

著　者　W・S・バロウズ
訳　者　山形浩生《やまがたひろお》／柳下毅《やなしたき》一郎《いちろう》

発行者　小野寺優
発行所　株式会社河出書房新社
〒一六二－八五四四
東京都新宿区東五軒町二－一三
電話〇三－三四〇四－八六一一（編集）
〇三－三四〇四－一二〇一（営業）
https://www.kawade.co.jp/

ロゴ・表紙デザイン　粟津潔
本文フォーマット　佐々木暁
本文組版　株式会社キャップス
印刷・製本　中央精版印刷株式会社

Printed in Japan　ISBN978-4-309-46813-6

裸のランチ

ウィリアム・バロウズ　鮎川信夫〔訳〕　46231-8

クローネンバーグが映画化したW・バロウズの代表作にして、ケルアックやギンズバーグなどビートニク文学の中でも最高峰作品。麻薬中毒の幻覚や混乱した超現実的イメージが全く前衛的な世界へ誘う。

ジャンキー

ウィリアム・バロウズ　鮎川信夫〔訳〕　46240-0

『裸のランチ』によって驚異的な反響を巻き起こしたバロウズの最初の小説。ジャンキーとは回復不能になった麻薬常用者のことで、著者の自伝的色彩が濃い。肉体と精神の間で生の極限を描いた非合法の世界。

オン・ザ・ロード

ジャック・ケルアック　青山南〔訳〕　46334-6

安住に否を突きつけ、自由を夢見て、終わらない旅に向かう若者たち。ビート・ジェネレーションの誕生を告げ、その後のあらゆる文化に決定的な影響を与えつづけた不滅の青春の書が半世紀ぶりの新訳で甦る。

死をポケットに入れて

チャールズ・ブコウスキー　ロバート・クラム〔画〕　中川五郎〔訳〕　46804-4

「わたしは死を左のポケットに入れて持ち歩いている」。書いて書いて、飲んで、競馬場に入り浸る。日常を手がかりに、生と死、詩と小説、職業と貧乏などの鋭い思考を晩年に綴った散文集。

くそったれ！　少年時代

チャールズ・ブコウスキー　中川五郎〔訳〕　46805-1

1930年代のロサンジェルスを舞台に、父との対立、母への屈折した思い、性の目覚め、少年たちとの抗争と友情など、ドイツ生まれの主人公が時代や社会へ異和感を抱きつつ成長していく自伝的物語の傑作。

勝手に生きろ！

チャールズ・ブコウスキー　都甲幸治〔訳〕　46803-7

1940年代アメリカ。チナスキーは職を転々としながら全米を放浪する。過酷な労働と嘘で塗り固められた社会。つらい日常の唯一の救いはユーモアと酒と「書くこと」だった。映画化。

詩人と女たち

チャールズ・ブコウスキー　中川五郎〔訳〕　46809-9

50歳の作家の元に、次々と女性が現れる。激情のリディア、素敵なディー・ディー、美しいキャサリン……。酒場と競馬場と朗読会を巡り、彼女たちとベッドを共にする。偉大なアウトローの最高傑作。

西瓜糖の日々

リチャード・ブローティガン　藤本和子〔訳〕　46230-1

コミューン的な場所アイデス〈iDeath〉と〈忘れられた世界〉、そして私たちと同じ言葉を話すことができる虎たち。澄明で静かな西瓜糖世界の人々の平和・愛・暴力・流血を描き、現代社会をあざやかに映した代表作。

ナイン・ストーリーズ

J・D・サリンジャー　柴田元幸〔訳〕　46793-1

砂浜で男が少女に語る、ある魚の悲しい生態（『バナナフィッシュ日和』）、客船で天才少年に起きた出来事（『テディ』）。不確かな現実を綱渡りで生きる人々を描いた、アメリカ文学史に燦然と輝く九篇。

キャロル

パトリシア・ハイスミス　柿沼瑛子〔訳〕　46416-9

クリスマス、デパートのおもちゃ売り場の店員テレーズは、人妻キャロルと出会い、運命が変わる……サスペンスの女王ハイスミスがおくる、二人の女性の恋の物語。映画化原作ベストセラー。

太陽がいっぱい

パトリシア・ハイスミス　佐宗鈴夫〔訳〕　46427-5

息子ディッキーを米国に呼び戻してほしいという富豪の頼みを受け、トム・リプリーはイタリアに旅立つ。ディッキーに羨望と友情を抱くトムの心に、やがて殺意が生まれる……ハイスミスの代表作。

贋作

パトリシア・ハイスミス　上田公子〔訳〕　46428-2

トム・リプリーは天才画家の贋物事業に手を染めていたが、その秘密が発覚しかける。トムは画家に変装して事態を乗り越えようとするが……名作『太陽がいっぱい』に続くリプリー・シリーズ第二弾。

アメリカの友人

パトリシア・ハイスミス　佐宗鈴夫〔訳〕　46433-6

簡単な殺しを引き受けてくれる人物を紹介してほしい。こう頼まれたトム・リプリーは、ある男の存在を思いつく。この男に死期が近いと信じこませたら……いまリプリーのゲームが始まる。名作の改訳新版。

リプリーをまねた少年

パトリシア・ハイスミス　柿沼瑛子〔訳〕　46442-8

犯罪者にして自由人、トム・リプリーのもとにやってきた家出少年フランク。トムを慕う少年は、父親を殺した過去を告白する……二人の奇妙な絆を美しく描き切る、リプリー・シリーズ第四作。

見知らぬ乗客

パトリシア・ハイスミス　白石朗〔訳〕　46453-4

妻との離婚を渇望するガイは、父親を憎む青年ブルーノに列車の中で出会い、提案される。ぼくはあなたの奥さんを殺し、あなたはぼくの親父を殺すのはどうでしょう？……ハイスミスの第一長編、新訳決定版。

死者と踊るリプリー

パトリシア・ハイスミス　佐宗鈴夫〔訳〕　46473-2

天才的犯罪者トム・リプリーが若き日に殺した男ディッキーの名を名乗る者から電話が来た。これはあの妙なアメリカ人夫妻の仕業か？　いま過去が暴かれようとしていた……リプリーの物語、最終編。

水の墓碑銘

パトリシア・ハイスミス　柿沼瑛子〔訳〕　46750-4

ヴィクの美しく奔放な妻メリンダは次々と愛人と関係を持つ。その一人が殺害されたとき、ヴィクは自分が殺したとデマを流す。そして生じる第二の殺人……傑作長編の改訳版。映画化原作。

お前らの墓につばを吐いてやる

ボリス・ヴィアン　鈴木創士〔訳〕　46471-8

伝説の作家がアメリカ人を偽装して執筆して戦後間もないフランスで大ベストセラーとなったハードボイルド小説にして代表作。人種差別への怒りにかりたてられる青年の明日なき暴走をクールに描く暗黒小説。

舞踏会へ向かう三人の農夫　上

リチャード・パワーズ　柴田元幸〔訳〕　46475-6

それは一枚の写真から時空を超えて、はじまった——物語の愉しみ、思索の緻密さの絡み合い。二十世紀全体を、アメリカ、戦争と死、陰謀と謎を描いた驚異のデビュー作。

舞踏会へ向かう三人の農夫　下

リチャード・パワーズ　柴田元幸〔訳〕　46476-3

文系的知識と理系的知識の融合、知と情の両立。「パワーズはたったひとりで、そして彼にしかできないやり方で、文学と、そして世界と戦った。」解説＝小川哲

とうもろこしの乙女、あるいは七つの悪夢

ジョイス・キャロル・オーツ　栩木玲子〔訳〕　46459-6

金髪女子中学生の誘拐、双子の兄弟の葛藤、猫の魔力、美容整形の闇など、不穏な現実をスリリングに描く著者自選のホラー・ミステリ短篇集。世界幻想文学大賞、ブラム・ストーカー賞受賞。

エドウィン・マルハウス

スティーヴン・ミルハウザー　岸本佐知子〔訳〕　46430-5

11歳で夭逝した天才作家の評伝を親友が描く。子供部屋、夜の遊園地、アニメ映画など、濃密な子供の世界が展開され、驚きの結末を迎えるダークな物語。伊坂幸太郎氏、西加奈子氏推薦！

ニューヨーク・スケッチブック

ピート・ハミル　高見浩〔訳〕　46727-6

〈孤独と喪失に彩られた、見えない街〉ニューヨークで繰り広げられる人々の日常の一瞬を絶妙な語り口で浮き彫りにした人生ドラマ、34編。映画『幸福の黄色いハンカチ』原作を含む、著者代表作。新装版。

エステルハージ博士の事件簿

アヴラム・デイヴィッドスン　池央耿〔訳〕　46796-2

架空の小国の難事件を、博覧強記のエステルハージ博士が解決。唯一無二の異色作家による、ミステリ、幻想小説、怪奇小説を超えた傑作事件簿。世界幻想文学大賞受賞。解説：殊能将之

どんがらがん

アヴラム・デイヴィッドスン　殊能将之〔編〕　46394-0

才気と博覧強記の異色作家デイヴィッドスンを、才気と博覧強記のミステリ作家殊能将之が編んだ奇跡の一冊。ヒューゴー賞、エドガー賞、世界幻想文学大賞、ＥＱＭＭ短編コンテスト最優秀賞受賞！　全十六篇

ナボコフの文学講義　上

ウラジーミル・ナボコフ　野島秀勝〔訳〕　46381-0

小説の周辺ではなく、そのものについて語ろう。世界文学を代表する作家で、小説読みの達人による講義録。フロベール『ボヴァリー夫人』ほか、オースティン、ディケンズ作品の講義を収録。解説：池澤夏樹

ナボコフの文学講義　下

ウラジーミル・ナボコフ　野島秀勝〔訳〕　46382-7

世界文学を代表する作家にして、小説読みの達人によるスリリングな文学講義録。下巻には、ジョイス『ユリシーズ』カフカ『変身』ほか、スティーヴンソン、プルースト作品の講義を収録。解説：沼野充義

ナボコフのロシア文学講義　上

ウラジーミル・ナボコフ　小笠原豊樹〔訳〕　46387-2

世界文学を代表する巨匠にして、小説読みの達人ナボコフによるロシア文学講義録。上巻は、ドストエフスキー『罪と罰』ほか、ゴーゴリ、ツルゲーネフ作品を取り上げる。解説：若島正。

ナボコフのロシア文学講義　下

ウラジーミル・ナボコフ　小笠原豊樹〔訳〕　46388-9

世界文学を代表する巨匠にして、小説読みの達人ナボコフによるロシア文学講義録。下巻は、トルストイ『アンナ・カレーニン』ほか、チェーホフ、ゴーリキー作品。独自の翻訳論も必読。

ディフェンス

V・ナボコフ　若島正〔訳〕　46755-9

チェスに魅了された少年は、たちまち才能を発揮して世界的プレイヤーとなる。優しい恋人でさえ入りこめない孤独な内面。著者の「最初の傑作」にして、最高のチェス小説。